AF236311

Sina Winter

Magische

Weihnachten

Band 1

Ein Winternachmittag

Ganz oben auf der Wunschliste der kleinen Laura steht ein Papa! Und als sie und ihre Mutter Anna durch Zufall die Bekanntschaft mit dem freundlichen und gutaussehenden Stefan Kampmann machen, scheint ihr Wunsch zum Greifen nahe. Doch ganz so einfach ist die Welt der Erwachsenen nicht. Erst recht nicht, wenn es um die Liebe geht ...

Verzaubert von Dir

Von einem charismatischen Fremden gerettet, liegt Gundula mit Herzklopfen in dessen starke Arme. Der Mann – elegant und ritterlich – hat sie verzaubert. Noch weiß sie nicht, wer er ist und dass sie drei unvergessliche Tage miteinander verbringen werden ...

Kommt, lasst uns einen Schneemann bauen

Sabrina drängt ihren Mann Bennet dazu, ihrem vierjährigen Sohn Bryan endlich die Wahrheit zu sagen. Der alte Mann, der gegenüber auf der anderen Straßenseite wohnt und regelmäßig ihren Gehweg freischaufelt, ist mehr als ein guter Nachbar. Kann der kleine Bryan das Eis, das zwischen den beiden herrscht, zum Schmelzen bringen?

Die Weihnachtsglöckchen

Nina glaubt nicht an Zufälle, aber als sie kurz vor Weihnachten eines ihrer magischen Glöckchen verliert und sie den charmanten Nathan Hofmann und seine Tochter Lizzy näher kennenlernt, kommt ihr zunächst gar nicht in den Sinn, dass er ihr Traummann ist. Pünktlich zum Fest der Liebe erkennt sie, dass sie nicht nur ihr Glöckchen verloren hat, sondern auch ihr Herz ...

Sina Winter

Magische Weihnachten

Vier weihnachtliche Kurzromane

Bibliografische Information der Deutschen Nationalbibliothek:
Die Deutsche Nationalbibliothek verzeichnet diese Publikation in
der Deutschen Nationalbibliografie; d etaillierte bibliografische
Daten sind im Internet über dnb.dnb.de abrufbar.

1. Auflage, 2020

© Sina Winter 2020

Alle Rechte vorbehalten.

Covergestaltung: VercoDesign, Unna

Korrektorat: Rune L. Green, Magdeburg

Buchsatz: Rune L. Green, Magdeburg

Bildmaterial: Shutterstock: MaryCo, imaginasty

Herstellung u. Verlag: BoD - Books on Demand, Norder-
stedt

ISBN: 9783752606645

Für alle Romantik-Fans,
die an den Zauber und die Wunder des
Weihnachtsfestes glauben.
Es ist magisch.

Ein Winternachmittag

»**A**ber ich will auch einen Papa! Alle Kinder im Kindergarten haben einen. Warum darf ich mir keinen zu Weihnachten wünschen?«

»Bitte Laura, die Diskussion hatten wir doch schon. Du kannst dir keinen Papa zu Weihnachten wünschen«, erwiderte Anna leicht tadelnd, aber dennoch geduldig.

»Kann ich doch!«, protestierte Laura und verschränkte trotzig ihre Arme vor der Brust.

Nur langsam drang die Stimme eines kleinen Kindes zu Stefan durch. Gefangen in den Klauen der Vergangenheit, nahm er nichts mehr um sich

herum wahr. Einzig die flehende, fast schon verzweifelte Stimme des Kindes, schlich sich in sein Bewusstsein. Er konzentrierte sich auf den hellen Klang und hielt sich wie ein Ertrinkender daran fest. Plötzlich hatte ihn die Gegenwart wieder. Irritiert sah er in die Richtung des Kindes. Es saß mit verschränkten Armen auf einer Bank der Bushaltestelle. Die Unterlippe trotzig nach vorne geschoben, ließ es seine Beine vor- und zurückbaumeln. Die Mutter, so vermutete er, sprach geduldig auf das Kind, ein Mädchen, ein.

Die Kleine trug eine blaue Wollmütze mit Bommel, unter der vereinzelt ein paar blonde Löckchen hervorquollen. Mit großen Augen sah das Mädchen zu ihr auf. Das Kind besaß schöne lange Wimpern und ihre Bäckchen waren von einem Hauch Rosé überzogen. *Ein süßer kleiner Engel*, dachte Stefan, wenn nicht der Trotz in ihrem Gesicht gestanden hätte. Wehmütig lächelte er. Ob ihn seine Tochter auch so angesehen hätte? Er wusste es nicht. Seine kleine Sofie war zusammen mit ihrer Mutter bei der Geburt gestorben. Heute auf den Tag genau waren es drei Jahre. Jahre, in denen er von einem Tag auf den anderen lebte. Seit dem Tod der

beiden gab es für Stefan keinen nennenswerten Sinn mehr in seinem Leben. In den Augen seiner engsten Freunde war er vor drei Jahren mit seiner Familie gestorben. Er lebte wie ein Eremit, zurückgezogen und einsam. Heute war einer der seltenen Tage, in denen er sich draußen unter die Leute mischte. Er war auf dem Friedhof gewesen und hatte eine Kerze an der Grabstätte angezündet. Die Trauer um seine Familie war noch zu präsent.

Damals hatte es ihm den Boden unter den Füßen weggerissen. Er hatte sich in Arbeit gestürzt, nur um nicht über das, was geschehen war, nachdenken zu müssen. Nachts, wenn er alleine in seinem Bett lag, fragte er nach dem Warum. Warum hatte ausgerechnet seine Familie sterben müssen. Warum wurde der Tag, der eigentlich der schönste in seinem Leben hätte werden sollen, zum größten Albtraum. Warum sollte er seinen restlichen Weg ohne seine Frau und seine Tochter beschreiten. Warum hatte das Schicksal *das* für ihn vorgesehen.

Stefan atmete tief durch und konzentrierte sich wieder auf die Mutter und das Kind. Erst jetzt nahm er die Frau wahr. Er blinzelte ein

paarmal. Um sicher zu sein, dass er nicht träumte. Hielt er das Mädchen für einen Engel, so war die Frau eine madonnenhafte Erscheinung. Ihr Gesicht war von einer blonden Lockenpracht umrahmt. Der Schein der Straßenlaterne, der durch das Glasdach der Bushaltestelle fiel, ließ ihr Haar golden schimmern. So und nicht anders hatte er sich als Kind einen Rauschgoldengel vorgestellt. Nur, dass diese Frau viel hübscher war. Irritiert über derartige Gedanken schüttelte er den Kopf.

**

Anna bemerkte, dass der Mann, der unmittelbar neben ihr stand, sie beobachtete. Ein Anflug von Panik überkam sie, doch sie unterdrückte sie. Es gab keinen Grund dafür. Sie waren an einem hellerleuchteten Platz und jeden Moment würde der Bus kommen. Zudem eilten Passanten vorbei und außerdem machte der Mann einen seriösen Eindruck. Aber das hatte nichts zu sagen. Ihre Menschenkenntnisse schienen nicht die Besten zu sein, sonst wäre sie nicht gerade in der Lage, in der sie sich befand.

Ihr ›Noch-Ehemann‹ hatte sie verlassen, da war Laura gerade ein Jahr alt gewesen. Er hinterließ ihnen nichts weiter als einen riesigen Berg an Schulden. Zudem hatte er sich bei Nacht und Nebel aus dem Staub gemacht. Sie konnte noch nicht einmal Unterhalt einfordern, da sie nicht wusste, wo er sich aufhielt. Anna musste damals ihr Baby schweren Herzens in die Kinderkrippe geben, um Geld zu verdienen. Sie zogen in eine kleine Sozialwohnung und lebten spartanisch, aber dennoch glücklich. Anna drehte jeden Cent dreimal um, bevor sie ihn ausgab. Sie ernährte sich zum Teil von den Lebensmittelspenden der Tafel. Ihre Kleidung kaufte sie im Secondhandladen. Mit etwas Geschick nähte sie manche Kleidungsstücke um, damit Laura nicht im Kindergarten gehänselt wurde.

Ihr Chef, Leiter eines Supermarktes, erlaubte ihr hin und wieder Lebensmittel mit nach Hause zu nehmen, deren Mindesthaltbarkeitsdatum abgelaufen waren. Anfangs schämte sie sich für ihre Armut, doch sie hatte gelernt, damit umzugehen. Luxus besaß keine Priorität in ihrem Leben. Es ging ihnen gut. Sie hatten ein Dach über dem Kopf, waren gesund und es gab immer

11

eine warme Mahlzeit auf dem Tisch, selbst wenn das hieß, viermal in der Woche Nudeln mit Tomatensoße zu essen.

Anna war optimistisch veranlagt. Sie versuchte, stets das Positive im Leben zu sehen. Ihre Tochter war ein Teil davon. Sie war ihr ganzes Glück, auch wenn sie im Moment stur wie ein Maulesel darauf beharrte, sich zu Weihnachten einen Papa zu wünschen. Anna krampfte sich der Magen zusammen, wenn sie nur daran dachte, wie enttäuscht Laura sein würde, wenn sie erst realisierte, dass sie keinen Papa zu Weihnachten bekommen würde. Ihre Tochter redete von nichts anderem mehr. Dennoch hoffte Anna inständig, dass Laura sich doch noch für etwas anderes begeistern würde. Eine Puppe oder ein Spiel, das sie ihr unter den Baum legen konnte. Aber vier Tage vor Weihnachten tendierte selbst ihr Optimismus gegen null. Sie hatte schon überlegt Herrn Krause aus der Parterrewohnung zu fragen, ob er nicht für eine Weile die Rolle des Papas spielen könnte. Die beiden verstanden sich prächtig, aber leider war Herr Krause zu alt. Er könnte allenfalls in die Rolle des Opas schlüpfen, was er sowieso

bereits tat. Nein, das funktionierte nicht. Zudem besaß Laura ihre eigene Vorstellungen, wie ein Papa zu sein hatte. Selbstverständlich würde er bei ihnen wohnen und bei Mama im Bett schlafen. Er würde sie vom Kindergarten abholen und anschließend stundenlang mit ihr spielen. Anna seufzte leise und strich ihrer Tochter zärtlich eine Locke aus dem Gesicht. *Ja*, dachte sie, *es wäre schön, einen Mann an der Seite zu haben.* Es würde auf jeden Fall vieles leichter. Anna spürte nach wie vor den Blick des Fremden auf sich. Stumm zählte sie bis zehn, dann sah sie lächelnd zu ihm auf.

Bei ihrem Anblick erstarrte alles in Stefan. Ihr freundliches Wesen berührte ihn auf eine Art und Weise, die er nicht deuten konnte. Unbewusst legte er seine Hand auf seine Brust und rieb darüber. Sein Herzschlag geriet ins Stolpern, nur um kurz darauf wie wild gegen seinen Brustkorb zu schlagen. *Was geschieht mit mir? Bekomme ich einen Herzinfarkt? Sterbe ich jetzt?* Die Sekunden verstrichen, doch nichts dergleichen geschah. Stefan stand nach wie vor auf seinen Beinen und sein Herz schlug schnell, aber dennoch

regelmäßig. Er wusste nicht, wie er reagieren sollte. Unter normalen Umständen fehlte es ihm nicht an Worten, schließlich war er Anwalt und eloquent. Aber diese Frau verschlug ihm die Sprache. Um nicht wie ein Idiot dazustehen, räusperte er sich und sagte: »Sie haben aber einen wunderschönen kleinen Engel an Ihrer Seite. Wie alt ist sie, wenn ich fragen darf?«

Dieses Kompliment bekam Anna oft zu hören und es erfüllte sie mit Stolz. Laura hingegen schien das nicht zu interessieren. Neugierig musterte sie den Fremden. »Sie ist vor Kurzem vier geworden«, erwiderte Anna. »Sie ist ein Engel, aber manchmal kann sie auch ein kleiner Teufel sein, nicht wahr, Laura?« Liebevoll stupste sie mit dem Zeigefinger gegen die Nase ihrer Tochter. Diese kicherte und protestierte: »Nein Mami, ich bin kein kleiner Teufel.« Unbefangen fragte sie den Mann: »Bist du ein Papa?« Anna zog erschrocken die Luft ein und sah den Fremden entschuldigend an. Für einen kurzen Augenblick las sie Schmerz in seinen Augen. Hastig sagte sie: »Bitte verzeihen Sie das vorlaute Geplapper meiner Tochter.« Einen Moment lang hielt sein intensiver Blick sie gefangen. Sie hatte

den Eindruck, als wäge er ab, was er erwidern sollte. Doch abrupt wandte er seine Aufmerksamkeit an ihre Tochter. Diese starrte ihn gebannt mit ihren großen hellblauen Augen an. »Nein, ich bin kein Papa«, antwortete er und ein wehmütiges Lächeln huschte über seine Lippen. »Warum nicht?«, fragte sie in ihrer kindlichen Naivität. »Bitte Laura, frag den Mann nicht solche Sachen. Er ist kein Papa – Punkt.« Erleichtert bemerkte Anna, dass der Bus kam. »Wir müssen los«, meinte sie zu dem Fremden und zeigte dabei auf den haltenden Bus. »Da muss ich auch einsteigen«, hörte Stefan sich sagen. »Bitte«, meinte er und deutete ihr mit der Hand an, vor ihm einzusteigen. »Danke«, sagte Anna verlegen. Laura hingegen grinste ihn fröhlich an.

Der Bus war fast voll. Anna ergatterte noch eine freie Sitzbank und setzte sich mit Laura. Sie nahm sie auf den Schoß und hielt Ausschau nach dem Fremden. Er blieb im Eingangsbereich stehen und als er zu ihr sah, winkte sie ihn zu sich. Er zögerte und blickte sich um. Schließlich rief Laura aufgeregt: »Hier ist noch Platz!« Der Bus fuhr mit einem Ruck an und Stefan hatte

Mühe nicht umzufallen. Als er den Sitz erreicht hatte, sagte er: »Danke, das ist sehr nett von euch.« Er setzte sich. Dabei hielt er seine Aktentasche krampfhaft auf seinem Schoß fest. »Wir steigen in der Stadt aus. Und Sie?«, fragte Anna.

»Ja, ich auch«, log er. Normalerweise wäre er ohne Umweg nach Hause gegangen, um sich zu verkriechen. Doch heute war ihm nicht danach. Stefan zog es magisch zu dieser Frau hin. Jetzt, direkt neben den beiden, fing er sogar an, sich zu entspannen.

»Was müssen Sie in der Stadt erledigen?«, fragte er belanglos. »Wir kaufen einen Baum«, plapperte Laura dazwischen, noch ehe ihre Mutter etwas erwidern konnte. Ihre Augen leuchteten und ihre Wangen glühten vor Aufregung. »Aber keinen teuren. Nur fünfzehn Euro.« Sie probierte, mit ihren kleinen Händen die Zahl zu zeigen. »Laura«, mahnte Anna ihre Tochter. »Das muss der Mann nicht wissen«, flüsterte sie ihr ins Ohr und zeigte ihr gleichzeitig, wie sie die Zahl Fünfzehn darstellen konnte. Was sie daraufhin freudestrahlend tat.

Stefan beobachtete die beiden. Plötzlich hatte er das dringende Bedürfnis dem Kind den größten und schönsten Weihnachtsbaum zu kaufen, den der Händler hergab. Deshalb fragte er: »Darf ich euch begleiten, oder treffen Sie sich mit ihrem ...« Das Wort ›Ehemann‹ wollte ihm nicht über die Lippen kommen. »Mann?«, sagte er stattdessen. Überrascht sah die Frau ihn an. Er beobachtete, wie sie versuchte, ihn einzuordnen, um ihm gegebenenfalls eine diskrete Abfuhr zu erteilen. »Ich habe keinen Papa«, sagte das Mädchen traurig und sah zwischen den beiden Erwachsenen hin und her. »Mist!«, fluchte Anna stumm. Peinlicher ging es wirklich nicht mehr. Sie spürte, wie ihr die Röte ins Gesicht stieg und stammelte: »Also ... wir ... das ist sehr nett von Ihnen ... Ähm ... Herr ...«

»Stefan Kampmann, Rechtsanwalt. Aber bitte nennen Sie mich Stefan«, bat er lächelnd und hielt ihr seine Hand entgegen. Irritiert nickte Anna und erwiderte den Gruß. Seine Finger waren angenehm warm und jagten ihr ein wohliges Kribbeln über die Haut. Zudem fielen

17

ihr die Schwielen an der Innenseite seiner Handfläche auf. Er sagte, dass er Rechtsanwalt sei. Sie wusste nicht, dass Anwälte Schwielen an den Händen hatten.

»Anna«, erwiderte sie höflich. »Und das ist meine Tochter Laura.« Sie vermied es, ihm ihren Nachnamen zu nennen. Ohne darüber nachzudenken, fügte sie hinzu: »Für einen Schreibtischtäter haben Sie ganz schön raue Hände.«

Verdutzt über ihre Bemerkung starrte er auf seine Hände und dann wieder zu Anna. Das war bisher niemandem aufgefallen, oder zumindest hat es nie ein Mensch erwähnt. Plötzlich lächelte er. Unbewusst hielt Anna den Atem an. Es gehörte verboten, wie charmant dieser Mann lächelte. *Vorsicht*, mahnte eine innere Stimme sie. Stefan war bestimmt nicht der Typ für eine Frau mit Kind.

Seine Worte rissen sie aus ihren Gedanken. »Sie sind die erste Person, der das auffällt. In meiner Freizeit arbeite ich mit Holz. Um es genauer zu sagen, baue ich Möbel.«

»Sie tun was?«

18

»Sie haben schon richtig gehört, Anna. Ist es so abwegig, dass man als Anwalt Möbel baut?«

»Nun ja, soweit ich weiß spielen Rechtsanwälte in ihrer Freizeit Golf oder Tennis, aber sie produzieren keine Möbel«, antwortete sie leicht amüsiert mit einem Kopfschütteln.

»Können Sie Puppenhäuser bauen?«, fragte ihn Laura unverblümt.

»Laura! Wo sind nur deine Manieren hin?« Mahnend sah Anna ihre Tochter an.

»Eine durchaus berechtigte Frage«, stimmte er Laura kopfnickend zu und ignorierte Annas Tadel. »Unter Berücksichtigung, dass ich mit meinen großen Händen«, dabei hob er sie etwas in die Höhe, »filigrane Arbeit verrichten müsste – ja, ich denke schon.« Er zwinkerte Laura aufmunternd zu. *Typisch Anwalt*, dachte Anna und warf ihm einen mürrischen Blick zu. Unschuldig hob er seine Hände und sagte: »Sie sehen mich an, als wäre ich schuldig im Sinne der Anklage«, erwiderte er und der Schalk spiegelte sich in seinen dunklen Augen wieder. Anna zog geringschätzig eine Augenbraue nach oben. »Wir sind da, Mami«, unterbrach Laura den stummen Dialog der beiden.

19

***

Gemeinsam schlenderten sie über den Weihnachtsmarkt und Laura lief freudestrahlend zwischen den beiden. Wobei ihre Mutter sie an der Hand führte. Am Verkaufsstand für die Weihnachtsbäume blieben sie stehen. »Puh«, seufzte Anna. »So viele Bäume!«

»Haben Sie Zweifel, dass kein passendes Exemplar dabei ist?«, flüsterte Stefan dicht an ihrem Ohr. Anna durchlief ein wohliger Schauer, als sein warmer Atem sanft über ihre Wange strich. Sie vernahm seinen männlichen Duft und ihr Puls beschleunigte sich. Anna beging den Fehler, ihn anzusehen. Er stand viel zu nah bei ihr. Ein Blick in seine faszinierenden Augen und sie wurde in einen unsichtbaren Bann gezogen. Zu gerne hätte sie ihn jetzt berührt. Die dunkelbraunen schulterlangen Haare und den Dreitagebart, den er trug. Er besaß einen leicht verwegenen Ausdruck, der sie, wie ein Magnet, anzog.

Ihr Antlitz wiederum ließ ihn alles um sich herum vergessen. Ein Blick in ihre Augen und er

war hoffnungslos verloren. Die tiefe Sehnsucht, die darin lag, berührte sein Herz. Irritiert darüber, zwang er sich, seinen Blick zu senken. Seine Augen blieben an ihrem Mund hängen. Sie hatte wohlgeformte Lippen, die nur darauf warteten geküsst zu werden.

»Mami, Mami, schau mal!«, rief Laura und hüpfte wie ein Gummiball auf und ab. »Was ist denn mein Schatz?«, fragte Anna. Ihre Augen behielt sie jedoch auf Stefan gerichtet.

»Der Baum. Können wir den kaufen?« Laura zerrte ihre Mutter mit sich und stoppte vor einer circa ein Meter sechzig großen Tanne. Stefan folgte den beiden. »Ich weiß nicht, Laura«, meinte Anna und neigte ihren Kopf von einer Seite zur anderen, um den Baum zu inspizieren.

»Also ich finde ihn hübsch«, kommentierte Stefan die Tanne und Laura schenkte ihm dafür ein strahlendes Lächeln.

»Siehst du Mami, Stefan gefällt er.«

»Aber er ist so groß. Wie sollen wir den nach Hause bekommen, ohne dass uns die Arme abfallen?«

»Ich kann euch helfen«, sagte Stefan. Die Worte waren heraus, noch ehe er weiter darüber nachgedacht hatte.

»Ich weiß nicht. Er ist bestimmt teuer.«

»Dann fragen wir doch einfach den Verkäufer.«

»Kann ich den Herrschaften helfen?«, hörten sie eine Stimme hinter sich sagen. Ein kleiner rundlicher Mann mit roter Nase und ebenso roten Wangen trat neben sie. Er lächelte abwartend.

»Wie viel kostet diese Tanne?«, ergriff Stefan das Wort, ehe Anna sich besinnen konnte. »Neununddreißigneunzig, der Baum ist erste Wahl. Eine Abies procera, auch Nobilistanne genannt. Sie duftet herrlich und sticht nicht.«

»Vierzig Euro?«, fragte Anna entsetzt. »Nein, das ist zu teuer. Haben Sie etwas in der unteren Preisklasse?«

Stefan konnte die Enttäuschung in Lauras Gesicht sehen, dennoch protestierte sie nicht. Als wüsste sie, dass es vergebens wäre. Spontan reagierte er aus dem Bauch heraus. »Einspruch«, sagte er und alle Augenpaare sahen ihn fragend an. »Ich bin dafür, diesen Baum zu kaufen.«

»Aber …«, stammelte Anna, doch Stefan unterbrach sie. »Ich schenke euch den Baum zu Weihnachten.«

»Auf gar keinen Fall«, sagte Anna laut. »Wir kennen uns nicht und ich kann das auf gar keinen Fall annehmen … Nein.« Entschlossen schüttelte sie den Kopf. Stefans Ehrgeiz als Anwalt wurde geweckt. »Okay, fassen wir zusammen. Laura und ich sind dafür, dass Sie die Tanne kaufen. Das sind zwei gegen eins. Sie sagen, er ist zu teuer. Ich würde Ihnen den Baum gerne schenken. Sie lehnen ab, folglich haben wir eine Pattsituation. Aber …«

»Aber was?«, fragte sie misstrauisch. »Wenn es Ihr Stolz nicht zulässt, ein Weihnachtsgeschenk anzunehmen, dann können Sie mir das Geld gerne in Raten zurückzahlen. Das wären vierzig Euro geteilt durch dreihundertfünfundsechzig Tage …« Hastig zog er sein Handy aus der Tasche und tippte die Zahlen ein. »Dann wären dies Summa summarum elf Cent pro Tag, die Sie mir zurückzahlen müssten.«

Und dreihundertfünfundsechzig Tage im Jahr, an denen wir uns treffen könnten, fügte er in Gedanken hinzu. Stefan war über seine heftige

Zuneigung für die beiden überrascht. Er hatte keine Ahnung, was hier mit ihm passierte. Er wusste nur so viel: Anna und Laura gingen ihm unter die Haut.

»Sie machen sich lustig?«

»Nein, das ist mein voller Ernst. Anna, ich würde Sie und Laura gerne wieder sehen. Nicht wegen der elf Cent«, beeilte er sich, zu sagen. Gebannt hielt er ihrer Musterung stand.

Anna studierte sein Gesicht. Nein, sie erkannte nichts Hinterhältiges oder Gemeines darin. Ihr Ex hatte sie jedes Mal mit einem mitleidigen Blick um den kleinen Finger gewickelt und ihr das Blaue vom Himmel versprochen. Doch Stefan sah sie anders an, bittend und was weitaus wichtiger war – aufrichtig. Zudem lag da etwas in seinen Augen, dass sie interessant fand. Wehmut? Einsamkeit? Oder war es Sehnsucht? Obwohl sie ihre Tochter hatte, kannte sie das Gefühl des Alleinseins.

Hoffnung und Zuversicht ließen ihr Herz schneller schlagen. Sollte sich endlich das Glück auf ihre Seite stellen? Noch zweifelte sie. Stefan sah zu gut und elegant aus. Er passte gar nicht zu ihnen und schon gar nicht in ihr Leben. Er war

Anwalt und sicherlich wohlhabend. Ein weiterer Blick in seine Augen und sie stellte fest, dass er gebannt auf eine Antwort wartete. Stefan war wohl nicht wie die meisten Männer, die ein Kind an ihrer Seite abschreckte.

Die Sekunden verstrichen, in denen sie sich stumm musterten. Schließlich gab sie sich einen Ruck. Sie würde es riskieren. Stefan war zwar ein fremder Mann, dennoch glaubte sie an das Gute im Menschen. Sie hatte ein zuversichtliches Gefühl und zudem war er ihr sympathisch.

Magie lag in der Luft. Ein besonderer Zauber, den es nur zur Weihnachtszeit gab. Sie wäre dumm, wenn sie jetzt einen Rückzieher machen würde. »Einverstanden«, sagte sie und nickte, um sich ihren Entschluss selbst zu bestätigen. Laura und Stefan wollten ihren Sieg jubelnd hinausschreien, da hob Anna ihre Hand und stoppte die beiden. »Aber ...«, sagte sie. Und wartete, bis sie die volle Aufmerksamkeit besaß. »Nur unter einer Bedingung.«

»Die da wäre?«, fragte Stefan.

»Dass sie mit uns Weihnachten feiern und zum Essen bleiben. Als Dankeschön für den Baum. Also nur, wenn Sie nichts anderes vor

haben«, sagte Anna, als sie Stefans entgeisterten Blick wahrnahm.

***

Er hatte mit allem gerechnet, nur nicht damit. Stefan war überwältigt. Freude und Glück durchströmten seine Adern und hauchten ihm neuen Lebensmut ein. Ihm fiel das Märchen von Dornröschen ein, das wie er aus einem Schlaf erwachte. Die Trauer um seine geliebte Familie, hatte ihn in den letzten Jahren fest im Griff gehabt. Er funktionierte, aber lebte nicht. Erst jetzt begriff er, was es hieß, wieder zu leben. Sich lebendig zu fühlen. Am liebsten hätte er die ganze Welt umarmt. Nein, nicht die ganze Welt, sondern die zwei bezaubernden Wesen, die lächelnd vor ihm standen.

Er nickte zustimmend, denn die Stimme drohte ihm zu versagen. Laura legte behutsam ihre kleine Hand in seine und sah freudestrahlend zu ihm auf. Ihr kindliches Lachen berührte seine Seele. Er sah zu Anna und sein Herz quoll über vor Freude. *Träume ich?*, fragte er sich. Gab es die sogenannte Liebe auf den ersten Blick? Noch vor

ein paar Stunden hätte er mit einem klaren *Nein* darauf geantwortet. Stefan bemerkte die Veränderung, die in ihm vorging. Plötzlich war alles um ihn herum bunt und lebendig. Jeden Blick, den er mit Anna austauschte, verursachte ein Kribbeln in seinem Bauch. Er hatte sich sofort in sie verliebt, das wusste er. Denn nur die Liebe besaß die Kraft, ein trauerndes Herz zu heilen.

***

Stefan saß in Annas kleiner Küche. Zum ersten Mal seit langer Zeit war er mit sich und der Welt wieder im Reinen. *Frieden,* dachte er. Stefan hatte durch Anna und Laura seinen inneren Frieden gefunden.

Er hatte einen unvergesslichen Nachmittag mit Anna und Laura verbracht. Sie hatten viel gelacht. Das hieß nicht, dass er nicht mehr um seine Familie trauerte. Im Gegenteil, er würde seine Frau und seine ungeborene Tochter nie vergessen. Aber er wusste, dass es in seinem Herzen Platz genug für weitere Menschen gab, die er lieben konnte. Während er Anna von seiner Frau und seiner Tochter erzählt hatte, hatte sich

ein weiterer Teil der Trauer gelöst. Es war, als hätte sich der Knoten einer zu eng gebundenen Krawatte gelockert. Er bekam wieder Luft zum Atmen. Der Sauerstoff füllte seine Lungen und strömte durch seinen Körper. Er war frei.

Erst als der Tag drohte hereinzubrechen, verabschiedete Stefan sich von Anna. Zärtlich zog er sie in seine Arme, küsste sie und versprach heute Nachmittag wieder vorbeizukommen. Auch übermorgen und die Tage danach. Wenn es nach ihm ginge für den Rest seines Lebens.

*****

Anna konnte ihr Glück kaum fassen. Stefan war ein aufmerksamer Zuhörer. Sie hatten die ganze Nacht geredet, auch über den Verlust seiner Familie. Anna zerriss es das Herz. Sie sah, wie viel Überwindung es ihn nach all den Jahren kostete, darüber zu sprechen. Er litt noch immer. Aber er ließ sich nicht davon abbringen, ihr alles zu erzählen. Es war ihm wichtig, also hörte sie ihm aufmerksam zu. Im Gegenzug sprach sie über Lauras Vater und von ihren Schulden. Sie hielt nichts vor ihm zurück und redete sich alles

von der Seele. Sie sahen sich lange schweigend an. Das Leben hatte ihnen übel mitgespielt. Dennoch saßen sie beide hier, die Hände ineinander verschränkt. Sie waren froh, am Leben zu sein und glücklich, einander gefunden zu haben. Anna war sich sicher, dass es die Magie der Weihnachtszeit war, die sie zusammengeführt hatte. An Weihnachten wurden Wunder wahr. Keine andere Zeit im Jahr ließ die Menschen so sehr glauben, lieben und hoffen.

***

Laura wartete, bis Stefan und ihre Mutter ihr eine gute Nacht gewünscht und das Licht ausgeschaltet hatten. Erst dann flüsterte sie in die Dunkelheit: »Danke liebes Christkind, dass du mir einen Papa zu Weihnachten geschenkt hast.« Mit einem zufriedenen Lächeln im Gesicht schlief sie ein.

In die friedliche Stille hinein, erklangen leise kleine Glöckchen. Der Klang, so zart und rein, läutete den Zauber der Weihnachtszeit ein.

Ende

Verzaubert von Dir

»Eine kleine Spende! Bitte um eine kleine Spende für eine arme alte Frau!« Das Scheppern der Münzen in der Blechdose der Bettlerin, ließ die vorbeieilenden Menschen für einen Augenblick aufschrecken und in Sekunden entscheiden, ob sie ein paar Münzen zu entbehren hatten oder lieber eilig weiterliefen.

Der eisige Wind zog an der Kleidung der alten Frau und durch die klirrende Kälte schimmerten ihre Nase und ihre Wangen dunkelrot. Doch die Bettlerin blieb eisern vor dem Eingangsbereich des Kaufhauses stehen, in der Hoffnung etwas von dem warmen Luftstrom

31

abzubekommen, der aus dem Gebäude drang, sobald sich die Türen öffneten. Hinzu kam, dass Anfang Dezember die Menschen in Scharen herbeiströmten, um die ersten Weihnachtsgeschenke einzukaufen. Ein Grund auf die Spenden- und Hilfsbereitschaft der Menschen in der Vorweihnachtszeit zu hoffen. Wieder ließ die Alte ihre Blechbüchse klappern und erregte Gundulas Aufmerksamkeit. Sie war spät dran, doch das hielt sie nicht davon ab, ein Zweieurostück in die Büchse zu werfen. »Vergelt´s Gott«, murmelte die Alte und schenkte Gundula ein dankbares Lächeln. Gundula erwiderte es und die Güte, die ihr aus den Augen der Frau entgegenschlug, erfüllte sie mit Wärme. Für ein paar Sekunden wirkte das Gesicht der Alten nicht mehr runzelig und verhärmt, sondern weich und dankbar. Gundula war glücklich darüber, einen Teil dazu beigetragen zu haben. Gerne hätte sie mehr gegeben, aber sie kam selbst kaum über die Runden. Dabei hatte sie schon bessere Zeiten in ihrem Leben gehabt. Zeiten, in denen sie nicht jeden Cent dreimal umdrehen musste und Worte wie Hunger oder Geldnot nicht in ihrem Wortschatz existierten. *Das war ein anderes Leben*

gewesen, dachte sie verbittert und traurig zugleich. Auch wenn der Gedanke verlockend war, sorglos in den Tag hineinzuleben, hatte sie gelernt, einen Sinn oder zumindest ein Ziel im Leben zu haben. Etwas, das einen vorantrieb, erfüllte und vor allem glücklich machte.

Ein kalter Luftzug blies Gundula ins Gesicht und holte sie in die Realität zurück. Abrupt löste sie den Blick von der Frau. Die Arbeit rief und zudem war sie wieder einmal zu spät dran. In den Wintermonaten war es normal, dass die Straßenbahn Verzögerung hatte. Eis und Schnee behinderten oft den Schienenverkehr. Natürlich hätte sie auch eine Bahn früher nehmen können, doch sie wollte nicht noch mehr Überstunden aufbauen. Ihr Chef, ein alter Grantler, hatte sie immer im Visier. Gundula hatte stets das Gefühl, sich beweisen zu müssen, obwohl sie gut war in ihrer Arbeit als Köchin. Sie war froh darüber, dass sie damals diesen Beruf aus einer Laune heraus gelernt hatte. Ihre Eltern waren entsetzt gewesen, doch sie hatte bis heute Spaß am Kochen.

Gundula wandte sich von der Frau ab, um weiterzugehen, als sich plötzlich die Ereignisse überschlugen. Zwei Jugendliche quetschten sich im Spurt an ihr vorbei und rempelten sie an. Augenblicklich verlor sie den Halt und geriet ins Straucheln. Sie wäre ungebremst zu Boden gefallen, wenn sie nicht zwei kräftige Arme aufgefangen hätten. Atemlos starrte sie in das Gesicht der Person, die sie immer noch festhielt. Wie durch eine Nebelwand nahm sie die feinen Züge wahr und versank in den Tiefen dieser Augen. *Teddybär Knopfaugen*, war ihr erster Gedanke. Der Mann hatte die dunkelsten Augen, die sie je gesehen hatte.

Warmherzig und besorgt zugleich, musterte der Fremde sie. »Sind sie verletzt?«, fragte er mit tiefer wohliger Stimme.

Gundula benötigte einen Augenblick. Sie tastete gedanklich ihre Gliedmaßen ab und achtete auf eintretende Schmerzen. Schließlich schüttelte sie vorsichtig den Kopf und wisperte: »Ich glaube nicht.«

»Gut, dann wollen wir Sie mal langsam auf die Beine stellen. Sind Sie bereit?«

»Ja«, hauchte Gundula, obwohl sie alles andere als bereit dazu war. Zu gerne hätte sie den Fremden weiterhin angestarrt.

Seine dunkelblonden, kinnlange Locken hoben das dunkle Braun seiner Augen hervor. Verschmitzt lächelte er auf sie herab, doch abrupt erlosch sein Lächeln, als eine keifende Frauenstimme hinter ihm ertönte. »Wie lange willst du diese Frau noch anstarren, Claus? Unser neun Uhr Termin wartet. Du weißt, worum es dabei geht. Wir haben nicht mehr viel Zeit für ...« Der Frau fiel kein passendes Wort zu der Situation ein, deshalb gestikulierte sie genervt:

» ...das hier.«

»Beruhige dich, Trish. Wir haben alle Zeit der Welt. Wir wollen nichts von unserem Kunden, sondern er will etwas von uns. Auf drei, fertig?«, fragte er Gundula.

Mit einem Ruck zog der Mann sie auf die Beine und hielt sie vorsichtshalber fest, bis er sicher war, dass sie eigenständig stehen blieb. Erst dann trat er einen Schritt zurück und gab sie frei. Eine kalte Böe erfasste Gundula und ließ sie frösteln. Zitternd steckte sie ihre Hände in die Manteltaschen und sagte: »Danke, dass Sie mich aufgefangen haben. Ohne Sie läge ich jetzt sicherlich im Krankenhaus.«

»Nicht der Rede wert. Hauptsache Ihnen ist nichts passiert.«

»Kommst du jetzt endlich?«, fragte Trish ihn gereizt und hakte sich bei Claus unter. Dabei warf sie Gundula einen missbilligenden Blick zu.

»Ihre Frau hat recht. Sie sollten Ihren Termin nicht warten lassen. Vielen Dank für alles«, sagte Gundula und zog ihre Hand aus der Manteltasche und hielt sie ihm entgegen.

Claus ergriff die Hand der jungen Frau und ließ seinen Blick über ihr Gesicht wandern. Sie besaß hübsche Züge und jedes Mal, wenn sie lächelte, zeigten sich zwei kleine Grübchen. Ihre Augen strahlten in einem hellen Blau und ruhten in sich. Sie wirkte weder gehetzt noch gereizt. Anders als Patrizia, seine Lebensgefährtin und Finanzberaterin, die er kurz Trish oder Trisha nannte. Die Frau vor ihm faszinierte ihn, sodass er noch nicht gewillt war, sie gehen zu lassen. »Gern geschehen …«, sagte er und sah sie dabei fragend an.

Gundula benötigte einen Moment, bis sie begriff, was sein Zögern zu bedeuten hatte. Peinlich berührt sagte sie: »Gundula König.«

»Claus Morrison und die ungeduldige Frau an meiner Seite ist Patrizia Pherbes.« Claus gab Gundulas Hand frei, damit sie sie Trish reichen konnte, doch Trisha ignorierte diese. *Typisch,* dachte er verärgert und warf Gundula einen entschuldigend Blick zu.

Das Scheppern einer Blechbüchse erweckte das Interesse von Claus. Er entdeckte eine alte Bettlerin und tastete automatisch seine Taschen nach Bargeld ab. Er zog einen fünfzig Euro Schein aus der Mantelinnentasche hervor und faltete ihn zusammen, um das Geld in den Schlitz der Dose zu stecken. Trish sah ihn aus großen Augen an. »Bist du verrückt?«, zischte sie. »Dieser Bettlerin Geld zu schenken! So wie die aussieht, versäuft sie das am nächsten Glühweinstand.«

»Trish, jetzt ist aber genug! Du bist äußerst unhöflich. Wo sind nur deine Manieren geblieben? Und was bedeutet das Wort Nächstenliebe für dich?«

Beleidigt marschierte Trish davon. Sie lief zum Einkaufcenter, ohne sich noch einmal umzudrehen. »Bitte entschuldigen Sie das Verhalten meiner Freundin«, sagte Claus zerknirscht und folgte Trish.

Die Alte sah den beiden hinterher und murmelte leise: »Drachenfrosch und Schlangengift, verflucht sei Deine Gier! Krötendreck und Beutelschleim, sollen ab jetzt Deine Begleiter sein. Flieg Sternenstaub, flieg.« Zufrieden nickte sie dabei in die Richtung, in der Trish und Claus verschwunden waren. Sie setzte sich wieder in Bewegung und ließ ihre Blechdose klappern. »Eine kleine Spende! Bitte um eine Spende für eine arme alte Frau!«

***

Gundula hatte von all dem nichts mitbekommen. Nachdem Claus hinter dieser Trish hergeeilt war, beeilte sie sich, zur Arbeit zu kommen. Ihr Chef behielt sie streng im Auge und jedes Missgeschick oder zu Spätkommen, tat er mit einem *Ich habs ja gleich gesagt, dass sie nicht für diesen Job geeignet sind* - Blick ab. Gundula würde es ihm zeigen. Sie war keine *schicki-micki-verwöhnte Frau.* Sie stand mit beiden Füßen auf dem Boden und war sehr wohl in der Lage, im Catering zu arbeiten. Wenn sie

eins konnte, dann war das Kochen. Ihr Schlitzohr von Chef wusste das.

»Wo bleibst du?«, empfing sie ihre Arbeitskollegin und Freundin Katja.

»Die Bahn«, erwiderte Gundula im Gehen und griff nach der Arbeitskleidung, die ihr Katja hinhielt. Gleichzeitig übergab Gundula ihrer Freundin den Mantel und die Strickjacke. Hastig zog sie sich im Laufen die Kochjacke an und band sich das farblich passende Bandana um den Kopf.

Sie betrat die Küche und steuerte den Herd an, griff nach dem Kochlöffel und genau in dem Moment kam ihr Chef herein. Erleichtert atmete sie auf. *Glück gehabt.*

Gegen Mittag war alles für das Weihnachtsmenü vorbereitet. Jetzt hieß es, die Räumlichkeiten herzurichten und die Tische einzudecken.

»Wir liegen im Zeitplan, danke dafür«, ertönte die Stimme des Chefs und damit hatte er die volle Aufmerksamkeit seines Teams.

»Wie rührend«, zischte Katja zu Gundula. »Pass auf, gleich kommt die Keule.«

»Ich muss nicht erst darauf hinweisen, dass dies ein langer Tag wird.« Allgemeines Gemurmel breitete sich aus und der Chef klatschte laut in die Hände, um wieder die Aufmerksamkeit seiner Mitarbeiter zu erlangen: »Bitte, diskutieren können Sie später! Der Auftrag hat höchste Priorität und es werden nicht alle bis zum Schluss bleiben.« Dabei ruhte sein Blick auf Gundula. »War ja klar«, murmelte sie und reckte kämpferisch ihr Kinn nach vorne. »Wenn du willst, bleib ich hier«, wisperte Katja.

»Nein, ich schaff das schon. Außerdem hast du eine Familie, die auf dich wartet, und ich werde anschließend drei Tage am Stück frei haben.«

»Wie du willst. Mein Angebot steht.«

»Danke, Katja. Ich weiß das zu schätzen«, flüsterte Gundula und ein warmherziges Lächeln huschte ihr dabei über die Lippen. Ihre Kollegin grinste zurück und für einen Moment waren die Arbeit und der Chef vergessen. Gundula hatte in Katja eine wahre Freundin gefunden. Sie kannten sich jetzt knappe zwei Jahre, doch ihr kam es vor, als wäre es ein ganzes Leben lang. Freundschaftlich legte Katja den Arm um

Gundulas Hüfte und drückte sie kurz an sich. Diese flüchtige Geste sagte mehr als tausend Worte. Es war schön, eine Freundin wie Katja zu haben.

Dafür, dass es sich um einen *wichtigen* Kunden handelte, war der Raum für das Weihnachtscatering eher schlicht als pompös. Das hieß sowohl für das Catering- als auch für das Floristenteam, den Raum optisch zu verschönern und etwas vornehmer herzurichten.

Gundula lief zu jedem Tisch und prüfte mit geschultem Auge das Besteck und die Gläser. Sie trug weiße Handschuhe, über ihrer Schulter hing ein Poliertuch. Sollte sie einen Fleck entdecken, würde sie ihn wegpolieren. Die Tische sahen perfekt aus, in den klassischen rot-weiß Tönen. Weiße Tischdecken und Stoffservietten, dazu Silberbesteck und auf Hochglanz polierte Gläser strahlten eine gewisse Eleganz aus. Das Floristenteam schenkte dem Ambiente den letzten Schliff. Neben dem Podium erstrahlte ein künstlicher zwei Meter fünfzig hoher Weihnachtsbaum und im Zentrum des Saals hing ein überdimensionaler Adventskranz von der Decke. Tannengirlanden zierten die Mitte der

Tische und rote Weihnachtssternblüten leuchteten daraus hervor. Weiß schillernde Christbaumkugeln peppten das Grün und Rot der Girlanden auf, wobei die silbernen Kerzenständer in unterschiedlicher Höhe den geradlinigen Stil auflockerten. *Ja, es sieht perfekt aus*, dachte Gundula. Jetzt fehlten nur die Gäste.

***

Claus sprintete zum Fahrstuhl und ehe die Tür sich schließen konnte, schob er sich hinein. Er wollte einen raschen Blick in den Veranstaltungsraum werfen, bevor er nach Hause fuhr, um sich für den Abend umzuziehen.

Überrascht ließ Claus seinen Blick durch den Saal schweifen und kam aus dem Staunen nicht heraus. Der Raum wirkte völlig anders. Plötzlich entdeckte er die junge Frau von heute Morgen. Sie stand neben dem Podium und betrachtete verträumt den Weihnachtsbaum. Langsam näherte er sich und hörte, wie sie leise eine Melodie summte. »Ist das ein bekanntes Lied?«, fragte er und blieb unmittelbar hinter ihr stehen.

Erschrocken drehte Gundula sich um und wäre fast vor Schreck umgefallen, als sie realisierte, wer da vor ihr stand. Schweigend musterten sie sich. Claus brach das Schweigen und sagte: »Hallo, Frau König. Wie klein doch die Welt ist. Schön Sie wiederzusehen.« Dabei zwinkerte er ihr zu und Gundula sah den Schalk in seinen Augen aufblitzen. »Sie?«, fragte sie entgeistert. »Aber …«, irritiert schüttelte sie den Kopf. »Was machen Sie hier?«, erkundigte sie sich und sah sich suchend um. *Er ist alleine*, stellte sie fest. »Dasselbe könnte ich Sie fragen«, warf er den Ball zurück. Wieder sahen sie sich schweigend an, bis beide gleichzeitig zu reden anfingen und lachend abbrachen. »Sie zuerst«, meinte er. Zustimmend nickte Gundula. »Ich arbeite hier und Sie?«

»Ich bin derjenige, der die Party heute Abend schmeißt.« Erstaunt sah Gundula ihn an.

»Und was genau arbeiten Sie?«, fragte Claus und deutete auf ihre Kleidung. Immer noch irritiert sah sie an sich herab. Sie trug die verschmutzte Kochjacke und eine Schürze. Ihr Bandana hatte sie zum Glück abgenommen. Sie fand, dass das Kopftuch ihr nicht stand.

43

»Catering«, antwortete sie knapp und sah geflissentlich auf ihre Uhr. »Ich muss weiterarbeiten«, sagte sie. Mit einem Lächeln entschuldigte sie sich und huschte an ihm vorbei. »Warten Sie, ich komme mit!«, rief er hinterher und setzte sich ebenfalls in Bewegung. Am Fahrstuhl hatte er sie eingeholt. Grinsend blieb er neben ihr stehen. Es dauerte einen Moment, bis der Fahrstuhl angekommen war, das laute *Pling* setzte beide in Bewegung. Gentlemanlike ließ er ihr den Vortritt. Die Tür schloss sich. Aus den Lautsprechern drang leise Weihnachtsmusik. Gundula starrte angestrengt auf die Anzeigetafel, die die Ziffern der Stockwerke anzeigte, so als könnte sie damit die Fahrt beschleunigen. Plötzlich passierte das, wovor sich Millionen von Menschen fürchteten, wenn sie einen Fahrstuhl betraten. Für ein, zwei Sekunden sackte der Aufzug nach unten und stoppte abrupt. Gundula stieß gegen Claus, der sie instinktiv festhielt. Das alles passierte so schnell, dass keiner der beiden Zeit zum Nachdenken hatte. Das Licht im Fahrstuhl flackerte wild und die Musik war abrupt verstummt. Claus erfasste die Situation

mit einem knappen: »Wir stecken fest.« Entsetzt sah Gundula zu ihm auf. Furcht überkam sie.

Claus bemerkte Gundulas aufsteigende Panik. »Das wird nicht lange dauern. Es ist sicherlich nur eine Kleinigkeit. Der Fahrstuhl fährt gleich weiter«, sprach er beruhigend auf sie ein und ließ dabei seine Hände auf ihre Schultern ruhen. »Alles wird gut«, flüsterte er eindringlich. Gleichzeitig versuchte er, in ihrem Gesicht zu lesen. Der panische Blick verflüchtigte sich allmählich. Hoffnungsvoll sah sie zu ihm auf. *Saphirblau*, dachte er. *Ihre Augen schimmern saphirblau.*

Keiner bewegte sich, still musterten sie sich. Einzig das flackernde Licht sorgte für eine Regung im Fahrstuhl. Plötzlich war es taghell. Das Licht hatte aufgehört zu flackern und beleuchtete grell die Kabine des Fahrstuhls. Hastig trat Claus einen Schritt zurück und suchte den Notfallknopf, um mit dem Pförtner Kontakt aufzunehmen. Zum Glück funktionierte die Sprechanlage, so wurde ihnen versichert, dass es nur ein kleines technisches Problem gäbe. Die Fahrt könnte in ein paar Minuten fortgeführt werden. Erleichtert atmete Gundula auf und

45

schenkte Claus ein zaghaftes Lächeln. Dabei kamen ihre kleinen Grübchen zum Vorschein. Ihr Antlitz traf Claus mitten ins Herz. *Gundula ist völlig anders als Trish,* sinnierte er. Aus einer Laune heraus fragte er: »Was wäre, wenn Sie drei Wünsche frei hätten?« Irritiert zog Gundula die Stirn in Falten. Doch Claus bohrte weiter nach. Die Idee ließ ihn nicht mehr los. »Wie, keine Wünsche?«, fragte er und seine linke Augenbraue zog sich zweifelnd in die Höhe. Gundula senkte verlegen den Blick. »Sie finden das sicherlich lächerlich, wenn ich mir den Weltfrieden wünsche.«

»Weltfrieden?«, fragte Claus verwundert.

»Ja«, entgegnete Gundula und sah ihm jetzt direkt in die Augen. Sie erkannte weder Spott noch Hohn, sondern reine Verwunderung. Daher sprach sie weiter. »Frieden auf Erden. Stellen Sie sich vor es gäbe keine Kriege, keinen Hass und keine Machtkämpfe. Die Welt wäre ein friedliches Miteinander. Egal welcher Nationalität oder Religion man angehört. Für die Menschheit unvorstellbar, dennoch wünsche ich es mir.«

»Ein schöner Gedanke«, stimmte er ihr zu. »Und was wären die anderen beiden Wünsche?«

»Schlittschuhlaufen«, grinste Gundula.

»Das ist nicht Ihr Ernst«, zog er sie auf.

»Doch. Ich bin seit Jahren nicht mehr Schlittschuh gelaufen. Als Kind war ich jede freie Minute auf dem Eis. Sobald der kleine See im Park zugefroren war.« Die Aufregung und Freude in ihrer Stimme waren nicht zu überhören. Claus ließ sich von ihrer Euphorie anstecken und meinte schmunzelnd: »Ich stelle mir gerade eine Achtjährige mit Zahnlücke vor, die auf dem zugefrorenen See versucht, ihre ersten Pirouetten zu drehen.«

»Hey, ich war gut in Pirouetten drehen«, empörte sich Gundula spielerisch, was Claus ein leises Lachen entlockte. Mit geneigtem Kopf musterte er sie und fragte: »Und was wäre Ihr dritter Wunsch, Frau König?« Gespannt auf ihre Antwort ruhte sein Blick weiterhin auf ihr. »Nach dem Schlittschuhlaufen zu *Ernis Bude* gehen und eine Tasse heißen Kakao trinken. Es gibt keinen besseren Kakao, als den bei *Erni*.« Kopfschüttelnd grinste Claus und meinte: »Weltfrieden, Schlittschuhlaufen und Kakao trinken. Kein Reichtum oder gar die ewige Jugend? Ich muss schon sagen, Sie verwundern

47

mich.« Sein Gesichtsausdruck wurde ernst, doch sein Blick war warmherzig und eine gewisse Bewunderung lag darin.

»Geld alleine macht nicht glücklich«, erwiderte sie. Claus sah wie ihre Freude und ausgelassene Art einem schmerzlichen Ausdruck wich.

»Man bekommt den Eindruck, Sie sprechen aus Erfahrung?«

»Vielleicht.«

»Würden Sie mir davon erzählen?«

Gundula wich seinem Blick aus. Unschlüssig was sie tun sollte, setzte sie sich auf den Boden. Sie lehnte ihren Kopf an die Wand und schloss für einen Moment die Augen. Abrupt schlug sie die Augen wieder auf und sah zu Claus auf. Er lehnte an der Fahrstuhlwand und wartete geduldig auf eine Antwort. Gundula zog die Beine an ihren Körper und umschlang sie mit den Armen, dabei spielte sie nervös mit ihren Fingern. Claus rutschte langsam an der Wand herunter und saß ihr jetzt gegenüber. Auch er zog seine Beine an und ließ seine Hände locker über die Knie hängen. Beide tasteten den jeweils anderen mit ihrem Blick ab. Schließlich fasste Gundula

einen Entschluss. »Na schön, sie wollen meine Geschichte hören«, sagte sie. Dabei nickte sie nachdenklich mit dem Kopf. »Ich war jung und bis über beide Ohren verliebt und habe nicht gemerkt, dass ich nur ein hübsches Anhängsel oder eher ein Spielzeug war.« Fragend hob Claus eine Augenbraue und sagte: »Sie sprechen in der Vergangenheit.«

»Ja, zum Glück. Es fiel mir zunehmend schwerer, mir jeden Morgen im Spiegel in die Augen zu sehen. Dazu sollten Sie wissen, dass mein Exfreund sehr reich ist.«

»Ich verstehe den Zusammenhang nicht?«

»Reichtum ...«, Gundula verstummte. Sie suchte nach den passenden Worten. »... macht nicht glücklich«, platzte es aus ihr heraus. »Man kann sich weder Glück noch Zufriedenheit davon kaufen. Nur materielle Dinge, die einem für einen kurzen Zeitraum befriedigen. Aber man kann sich keine Träume davon kaufen. Oder eine gute Seele.« Sie beobachtete, wie Claus darauf reagierte. Doch er ließ sich nichts anmerken, sondern schenkte ihr weiterhin seine volle Aufmerksamkeit. »Wir führten ein Jetset Leben, reisten von einer Party zur nächsten«, erzählte

Gundula und driftete immer weiter in die Vergangenheit ab. »Und wenn es mal keine Party gab, dann ging es zum Shoppen. Am Anfang war alles aufregend und neu, doch mit der Zeit wurde es zur Routine. Es wurde langweilig. Mein Leben wurde immer bedeutungsloser, selbst Freundschaften waren oberflächlich. Ich fühlte mich zunehmend leer und einsam.« Sie schwieg und suchte nach Worten, die ihrer damaligen Gefühlswelt gerecht wurden. »Kennen Sie das Gefühl, mitten in einer Menschenmenge zu stehen und trotzdem einsam zu sein?«

Claus hörte die Verzweiflung aus ihrer Stimme, die sich auch in ihren wunderschönen Augen widerspiegelte. Er überlegte ernsthaft, ob es Parallelen in seinem Leben gab. Langsam nickte er. »Ich verstehe, was Sie meinen«, antwortete er wahrheitsgemäß, denn auch in seinem Leben gab es Menschen, in dessen Begleitung er keine Nähe oder Verbundenheit verspürte.

»Ich habe rechtzeitig die Reißleine gezogen und bin deswegen von allen Seiten auf Unverständnis gestoßen. Mein Exfreund hat mich für verrückt erklärt und ist zur Nächsten

50

gewandert. Er hat sich nicht einmal die Mühe gemacht, um unsere Liebe zu kämpfen. Meine sogenannten Freundinnen waren auch schnell passé. Letztendlich bin ich froh über meine Entscheidung. Der Weg bis hierher war nicht leicht, aber ich bin glücklich. Und das ist etwas, das sich mit Geld nicht kaufen lässt. Heute weiß ich, dass ich mit beiden Beinen auf dem Boden stehe und einen Sinn im Leben habe, der weit über Partyfeiern und Shoppen hinausgeht.«

Claus schwieg. Ihre Worte stimmten ihn nachdenklich. Sie war im Zenit ihres Lebens gestanden. Sie hatte alles hinter sich gelassen, um mit harter und ehrlicher Arbeit Geld zu verdienen. Und sie war *glücklich*.

»Wie sieht Ihre Vergangenheit aus? Waren Sie schon immer wohlhabend?«

Ihre Frage riss ihn aus seinen Gedanken. »Nein, ich habe mir meinen Wohlstand hart erarbeitet.« Gundula nickte wissentlich und fragte: »Und, sind Sie glücklich?«

Claus wusste keine Antwort darauf. Er war froh, als sich der Fahrstuhl mit einem Ruck wieder in Bewegung setzte. Er stand auf und streckte Gundula seine Hand entgegen, um ihr

51

beim Aufstehen zu helfen. Sie griff danach und ließ sich von ihm auf die Beine ziehen. Die Sekunden verstrichen, in denen sie sich an den Händen festhielten und ansahen, bis der Fahrstuhl anhielt und sich mit einem erneuten *Pling* öffnete. Claus führte Gundula aus dem Fahrstuhl, erst da ließ er sie los und trat einen Schritt zurück. »Danke, dass Sie mir die Angst genommen haben und, dass Sie mir zugehört haben«, sagte sie aufrichtig.

»Immer wieder gerne, Gundula«, entgegnete er und sein intensiver Blick zeigte ihr, dass er es auch so meinte.

»Ich muss weiter«, meinte Gundula und hob ihre Hand zum Gruß und lief Richtung Ausgang. »Warten Sie!«, rief Claus und rannte ihr nach. Gundula blieb stehen und sah ihn fragend an.

»Ich würde Sie gerne wiedersehen.«

Überrascht weiteten sich Gundulas Augen.

»Nur zum Reden«, sagte er hastig. »Bitte.«

»Äh … Also … Herr … Morrison«, stammelte Gundula. Schließlich riss sie sich zusammen und sagte: »Ich glaube, dass das keine gute Idee ist. Was soll Ihre Freundin denken?«

»Trish?«, fragte er.

52

»Ja, Trish, oder haben Sie mehrere Freundinnen?«

»Sie denken gerade sehr schlecht von mir, Gundula. Und nein, ich habe nur eine Freundin. Dennoch, lassen Sie Trish meine Sorge sein. Bitte, ich würde Sie gerne wiedersehen.«

Ihre Blicke verschmolzen und Gundula hörte sich aus weiter Ferne sagen: »Ich habe die nächsten drei Tage frei.«

***

Was um alles in der Welt tue ich hier?, fragte sich Gundula, zog sich wieder die weiße Bluse aus und warf sie frustriert zu all den anderen Anziehsachen auf das Bett. Seit einer Viertelstunde stand sie vor dem Spiegel und probierte ein Oberteil nach dem anderen an, nur um es als nicht passend abzustempeln, und zur Seite zu legen. Zum Glück besaß sie nicht viele Kleidungsstücke. Das meiste davon war praktisch und alltagstauglich, aber nicht für ein Date geeignet. Genau da lag ihr Problem. Sie hatte ein Date mit einem liierten Mann. Ein absolutes *No Go* und dennoch würde sie heute von Claus

53

Morrison, zum Mittagessen abgeholt werden. »Mist«, murmelte Gundula und entschied sich für einen warmen Wollpullover und ihrer besten Jeans. Ihre Haare band sie zu einem Dutt zusammen und legte sich ein paar schlichte Ohrstecker an. Der hellblaue Pulli betonte das intensive Blau ihrer Augen, sodass sie auf weitere Accessoires verzichtete. Rasch legte sie die herausgezogenen Kleidungsstücke wieder zusammen und räumte sie zurück in den Kleiderschrank. Gundula zog sich gerade ihre Stiefel an, als es an der Haustür klingelte. *Nanu?*, dachte sie mit Blick auf die Uhr. Es war doch noch Zeit. Sie öffnete die Tür. Mit einem riesigen Blumenstrauß in der Hand stand Claus vor ihr. »Ich weiß, ich bin zu früh, aber ich habe eine Überraschung«, meinte er.

Schweigend trat Gundula einen Schritt zur Seite, um Claus Einlass zu gewähren. Es musste ja nicht gleich das ganze Haus wissen, dass sie Herrenbesuch hatte. Sie schloss die Tür und sah ihn abwartend an. Nervös räusperte sich Claus und hielt ihr den riesigen Blumenstrauß entgegen. Dunkelrote Amaryllis mit Kiefernzweige und filigranem Gehölz. *Meine Lieblingsblume*, dachte

Gundula und nahm den Strauß ehrfürchtig entgegen. Fragend sah sie ihn an. »Ich hoffe, er gefällt Ihnen? Die Verkäuferin meinte, dass der Strauß für die Jahreszeit passend wäre.«

»Danke, er ist wunderschön. Doch das wäre nicht nötig gewesen.« Gundula fasste all ihren Mut zusammen und meinte: »Herr Morrison.«

»Claus«, verbesserte er sie.

»Ich bin immer noch der Meinung, dass das … das wir…«, sprach sie unbeirrt weiter und geriet ins Stocken. Um Worte ringend stand sie verzweifelt vor ihm.

»Frau König … Gundula«, verbesserte er sich. »Ich will Sie näher kennenlernen, mehr nicht.«

Irritiert von der Situation, entschuldigte Gundula sich und suchte eine Vase für den Strauß. Hermann, Gundulas Kater, erhob sich aus seinem Körbchen und strich um Claus Beine. »Hey, wer bist du denn«, fragte er und ging in die Hocke, um die Katze am Kopf zu kraulen. »Das ist Hermann«, rief Gundula aus der Küche. »Hallo Hermann. Meinst du, ich kann dein Frauchen dazu überreden, trotz allem mit mir auszugehen?«, fragte er leise den Kater. »Sie wollen nicht ernsthaft meine Katze bestechen?«, sagte Gundula am Türrahmen gelehnt. »Ich glaube nicht, dass sich ein Kater namens Hermann dazu verleiten lässt. Erst recht, wenn er eine so bodenständige Besitzerin hat.« Gundula schmunzelte und stieß sich vom Türrahmen ab. »Also, was ist nun Ihre Überraschung?«, fragte sie und freute sich, das Claus sie erleichter ansah.

***

Es war kaum zu glauben. Wie viele Jahre war sie nicht mehr hiergewesen? Bis auf zwei Verkaufsbuden, die hinzugekommen waren, hatte sich an dem kleinen See im Park nicht viel verändert. Die Sonne strahlte am azurblauen Himmel. Die Bäume und Sträucher, die den See umrahmten, waren von dickem Raureif überdeckt. Ein idealer Tag zum Schlittschuhlaufen. Voller Vorfreude zog sich Gundula ihre Schlittschuhe an. Claus lieh sich vor Ort ein paar Schuhe aus. Er sah völlig anders aus, in seiner legeren Kleidung, die aus Jeans und einem Pullover mit Norwegermuster bestand.

Dazu trug er eine dicke Weste und eine Wollmütze. Der See war gut besucht, aber nicht überlaufen. Es gab genügend Platz, um sich auf dem Eis auszutoben. Claus sah dem ganzen skeptisch entgegen und betrat vorsichtig das Eis. Gundula fühlte sich sofort um Jahre zurückversetzt. Ohne groß nachzudenken, glitt sie über das Eis und drehte ihre erste Runde. Claus hingegen blieb am Rand stehen und hielt sich an einem der Holzpfähle fest, die rings um den See standen, um die Weihnachtsgirlanden zu befestigen. Gundula steuerte direkt auf ihn zu und bremste kurz vor ihm, sodass das aufgekratzte Eis wie eine Staubwolke durch die Luft wirbelte. »Sie haben doch keine Angst?«, neckte Gundula ihn und funkelte Claus belustigt an.

»Angst? Nein, ich nenne es Respekt«, entgegnete er.

»Kommen Sie. Nehmen Sie meine Hand.«

»Sie sind mutig. Was, wenn ich auf Sie falle? Ich bin kein Leichtgewicht.«

»So ein Quark. Das werden Sie nicht, wenn Sie meine Hand nehmen«, entgegnete Gundula und reichte sie ihm lachend.

»Ich habe Sie gewarnt«, murmelte Claus und ergriff ihre dargebotene Hand. Vorsichtig drehten sie gemeinsam eine Runde. Gundula erklärte ihm, worauf er achten sollte und zeigte ihm, wie er die Balance besser hielt. *Ein schönes Gefühl, Hand in Hand im Gleitschritt über das Eis zu fahren,* dachte Gundula und sah dabei verstohlen zu Claus. Mit jeder Runde klappte es besser und sein anfänglich hochkonzentrierter Blick entspannte sich allmählich. Sie fuhren weiterhin Hand in Hand und Claus zwinkerte ihr verschmitzt jungenhaft zu. Aus einem ihr unerfindlichen Grund brachte das Gundula aus dem Takt und plötzlich geriet sie ins Stolpern und riss Claus mit sich zu Boden. Sie plumpsten beide auf das Eis und schlitterten auf den Hosenboden weiter, bis sie schließlich liegenblieben.

»Sie haben mir versichert, dass ich nicht falle«, protestierte Claus und stützte sich mit dem rechten Ellbogen ab, um sie besser ansehen zu können. Gundula lag noch ausgestreckt auf dem Eis und drehte ihren Kopf zur Seite. Schweigend musterte sie Claus und als sich ihre Blicke trafen, schien die Zeit still zu stehen. Es war Gundula, die sich aus diesem Bann riss und feststellte, dass

sie immer noch seine Hand hielt. Er folgte ihrem Blick und suchte erneut den Augenkontakt zu ihr, doch Gundula wich ihm aus. Schließlich drehte Claus sich auf die Seite und kniete sich neben sie. »Sind Sie verletzt?«, fragte er und sein besorgter Gesichtsausdruck setzte sie in Bewegung. Vorsichtig richtete Gundula sich auf. »Nein«, schüttelte sie den Kopf. »Es fühlt sich alles noch ganz an«, erwiderte sie grinsend. »Und bei Ihnen?«

»Alles paletti.«

»Kommen Sie«, sagte Gundula. Sie stand schon wieder auf ihren Beinen und reichte Claus die Hand. »Ich helfe Ihnen beim Aufstehen.« Zweifelnd zog Claus eine Augenbraue nach oben und hielt ihr dennoch seine Hand hin. Bevor Gundula ihm auf die Füße half, zeigte sie Claus, in welche Stellung er die Schlittschuhe stellen sollte und in Handumdrehen stand er wieder auf den Beinen. Hand in Hand fuhren sie zurück. Claus war froh endlich festen Boden unter den Füßen zu haben und fragte: »Zeit für eine Tasse Kakao?«

»Gerne«, stimmte sie zu und schenkte ihm ein strahlendes Lächeln. Spätestens jetzt war Claus vollends von Gundula verzaubert. Der Nachmittag verging im Flug und sie verabredeten sich für den nächsten Tag zum Kaffeetrinken. Komischerweise bestellte Claus sie zum Kaufhaus am Marktplatz, anstatt sie abzuholen.

***

Das Kaufhaus, ein Barockgebäude, war Mitte des 17. Jahrhunderts erbaut worden. Es besaß einen kleinen Innenhof mit einem Brunnen, der im Sommer zum Verweilen einlud. Doch am meisten gefielen Gundula die Erdgeschossarkaden. Die Schaufenster mit den Rundbögen hatten es ihr angetan. Solange Gundula denken konnte, prägte das Kaufhaus die Stadt. Nun wurde in der Zeitung berichtet, dass das Gebäude zu alt und marode sei und wenn sich kein neuer Investor fände, würde es im kommenden Jahr zum Abriss freigegeben. Weiter hieß es, dass der jetzige Besitzer zu alt wäre und die Kosten der Sanierung sein Budget sprengen würden. Die Nachricht erschütterte Gundula, brachte das Gebäude doch so viele Erinnerungen mit sich. *Alles ist vergänglich, nichts von Dauer,*

dachte sie wehmütig. Sie ließ ihren Blick über die Fassade gleiten, so als könnte sie sich die für immer einprägen.

»Warum so traurig?«, flüsterte Claus plötzlich dicht an ihrem Ohr. Gundula unterdrückte einen Aufschrei, indem sie ihre Hand auf den Mund presste. Abrupt wandte sie ihren Kopf zur Seite und sah Claus vorwurfsvoll an. Abwehrend hob er die Hände. »Sorry, ich wollte Sie nicht erschrecken, aber …«, mitten im Satz hielt er inne und musterte ihr Profil. »Warum sind Sie so traurig?«, fragte er erneut und Gundula erzählte ihm von der Schließung des Kaufhauses und dass ihr dieses Traditionsunternehmen fehlen würde.

Nachdem sie verstummt war, griff er ihre Hand und zog sie mit sich. Sie protestierte halbherzig. Claus blieb erst mit ihr stehen, als sie in der Spielzeugabteilung standen. Fragend sah Gundula zu ihm. Er grinste sie schelmisch an und meinte: »Ich wollte schon immer einmal das tun, was mir als Kind verboten wurde.«

»Und das wäre?«

»Alles anfassen und ausprobieren.« Dabei hielt er plötzlich ein Laserschwert in der Hand und röchelte: »Ich bin dein Vater.«

Gundula schlug sich die Hand vor dem Mund, um ihr Kichern zu verbergen. Claus warf das Schwert beiseite, ergriff erneut ihre Hand und zog sie mit in die Stofftierabteilung. Dort alberten sie durch die Gänge und fingen tadelnde Blicke von den Erwachsenen ein. Den Kindern gefiel es, sie klinkten sich mit ein und jagten sowohl Claus als auch Gundula hinterher. Eine halbe Stunde später schlenderten sie Hand in Hand durch die Fußgängerzone. Noch immer aufgewühlt, aber glücklich sagte Gundula: »Das hat Spaß gemacht.«

»Ja, aber so schnell brauchen wir uns in der Spielzeugabteilung nicht mehr sehen zu lassen.«

»Stimmt. Ein Wunder, dass uns der Ordnungsdienst nicht rausgeworfen hat«, bemerkte Gundula.

»Ja«, stimmte Claus ihr lachend zu und blieb vor einem kleinen Café stehen. Gundula sah sich verblüfft um. »Wo sind wir?«, fragte sie. Sie wusste gar nicht, dass es in dieser Gasse ein Café gab. »Gibt es das Café schon länger?«, hakte sie nach.

»Ein knappes halbes Jahr.«

»Das ist mir irgendwie entgangen«, meinte Gundula überrascht. »Ich habe noch nie etwas davon gehört.«

»Es ist ein Geheimtipp«, meinte Claus augenzwinkernd und hielt ihr die Tür auf. Das Café war gemütlich und wirkte mit seinem ganzen alten Krimskrams urig. Gundula fühlte sich auf Anhieb wohl. Sie entschieden sich für einen kleinen Zweiertisch mit Blick auf die Straße. Nachdem sie bestellt hatten, fragte Claus: »Was wollen wir morgen unternehmen?«

Der Mann hat Nerven, dachte Gundula. Eigentlich wollte sie die freien Tage nutzen und zu Hause klar Schiff machen. Durch die vielen Überstunden war so einiges liegengeblieben. Auf der anderen Seite war sie gerne mit Claus zusammen. Er war witzig, charmant und schenkte ihr seine Aufmerksamkeit. *Wann hatte sie zuletzt die Aufmerksamkeit eines Mannes genossen?*, sinnierte sie, worauf sich sofort ihr Gewissen meldete. *Der Mann ist in festen Händen.* Abrupt war ihr Hochgefühl im Keller. Um sich abzulenken, ließ sie ihren Blick schweifen. Ein paar Schneeflocken schwebten vor dem Fenster herab. »Es schneit!«, rief sie aufgeregt und deutete

63

mit dem Zeigefinger nach draußen. Claus folgte ihrem ausgestreckten Finger und tatsächlich wirbelten immer mehr Flocken herab, bis ein dichtes Schneetreiben daraus wurde. »Haben die Meteorologen mal recht behalten«, meinte Claus.

»Sieht so aus, kalt genug ist es ja schon seit Wochen.«

»Gundula?«

»Ja?«

»Ich würde Sie gerne morgen Abend zu einem Geschäftsessen einladen.«

Gundula glaubte, sich verhört zu haben. Sekundenlang studierte sie sein Gesicht. Doch Claus Miene blieb todernst. »Geschäftsessen?«, wiederholte sie.

»Ja. Ich bin mir nicht sicher, ob ich dieses Geschäft abschließen soll.«

»Aber wenn Sie es nicht wissen, wer dann?«

»Vielleicht Sie, Gundula.«

»Ich?«

»Ja. Auch wenn wir uns nicht lange kennen. Ihre Meinung ist mir wichtig. Trish hat nur Geld im Kopf und ist gegen das Projekt.«

»Trish?«

»Ja, sie ist meine Finanzberaterin.«

Und Geliebte, schoss es ihr durch den Kopf.

Plötzlich verunsichert, wusste Gundula nichts zu erwidern. *Wie bin ich hier nur hineingeraten?*

***

Sie hätte dem ganzen nicht zustimmen sollen, doch Claus war überzeugend und hatte sie überredet. Die Ausrede, sie hätte nichts Passendes anzuziehen, ließ Claus nicht gelten und wollte ihr eine entsprechende Garderobe kaufen. Gundula lehnte ab, denn es war schlicht gelogen. Sie besaß sehr wohl ein Kleid, für diesen Anlass. Ein Überbleibsel ihrer Vergangenheit, von dem sie sich nicht getrennt hatte. Das Cocktailkleid mit dem tiefen Rückenausschnitt war schlicht aber sexy. Der Bleistift-Schnitt betonte ihre schlanke Silhouette und die Farbe, sie nannte sich himmelblau, war ein Pastellblau, das ihre Augen strahlen ließ. Gundula band ihr Haar zu einem Pferdeschwanz und steckte sich zwei lange Silberohrringe in Form eines Blattes an. Passend dazu streifte sie sich einen Ring über die linke Hand und schlüpfte in Silber schimmernden Pumps. Ihr Make-up blieb dezent, einzig ihre

Augen betonte sie mit einem schwarzen Kajalstrich. Ein letztes Mal betrachtete sie sich kritisch im Spiegel, bevor sie ihren Mantel schnappte und die Wohnung verließ. Sie hatte darauf bestanden, sich ein Taxi zu nehmen und zum vereinbarten Restaurant zu kommen, schließlich war dies kein Date, sondern ein Geschäftsessen.

Das Taxi hielt Punkt Halbacht vor dem Lokal. Gundula zahlte und stieg aus. Zögernd blieb sie vor dem Eingang stehen. Letztendlich gab sie sich einen Ruck und betrat das Restaurant. Eine junge Frau empfing sie freundlich. »Guten Abend und herzlich willkommen im Speiselokal *Zum Goldenen Anker*. Sie haben reserviert?«, hakte sie höflich nach. »Guten Abend. Ich bin verabredet mit Herrn Morrison.«

»Morrison … Ja. Tisch fünf, neunzehn Uhr dreißig. Darf ich Ihnen den Mantel abnehmen, bevor ich Sie zu ihm führe?«

»Ja, bitte.« Gundula ließ sich von der jungen Frau aus dem Mantel helfen. Anschließend folgte sie ihr zum Tisch. Wie erwartet zog sie die Blicke auf sich. Gundula selbst empfand sich nicht sonderlich als hübsch, aber sie wusste mit der

richtigen Kleidung und ein wenig Make-up umzugehen und stach deshalb aus der Masse hervor.

Claus unterhielt sich angeregt mit Herrn Schäfer, dem Inhaber vom Kaufhaus am Marktplatz. Er entdeckte Gundula und verstummte mitten im Satz. Wie ein elfenhaftes Wesen schwebte sie auf ihn zu und verzauberte nicht nur ihn, sondern auch Herrn Schäfer im Handumdrehen mit ihrem charmanten Lächeln. Der Gesprächspartner war sichtlich von ihr angetan. Claus erhob sich und rückte Gundula einen Stuhl zurecht. Sie setzte sich, er sah auf die makellose Haut ihres Rückens und widerstand nur schwer der Versuchung, sie zu berühren. Die Unterhaltung am Tisch kam bloß schleppend wieder in Gang, zu sehr lenkte ihn Gundula ab. Herr Schäfer war es, der ihr erzählte, dass Claus daran interessiert sei, das Kaufhaus zu übernehmen. Überrascht darüber sah sie zu Claus. Der wartete gespannt auf ihre Reaktion. »Aber … Warum haben Sie mir nichts davon erzählt?«, fragte Gundula irritiert.

»Ich wollte Sie überraschen und heute Abend Ihre Meinung dazu hören.«

»Von mir?«

»Ja. Sie haben mir doch erzählt, wie schade Sie es finden, dass das Kaufhaus schließt. Sie sagten, dass damit ein Stück Tradition verschwinden würde.«

»Weise Worte, junge Dame«, mischte sich Herr Schäfer ein.

»Danke, doch wer garantiert Herrn Morrison, dass das Kaufhaus sich auch wirtschaftlich trägt? Denn wenn es so wäre, würden Sie es sicherlich nicht verkaufen«, stellte Gundula sachlich fest.

»Ja und Nein, Frau König«, erwiderte Herr Schäfer wahrheitsgemäß. »Das Geschäft rechnet sich nicht mehr in allen Abteilungen, aber es trägt sich. Das Problem ist, dass ich inzwischen zu alt bin und wie Sie aus den Medien wissen, habe ich weder Nachkommen noch nähere Verwandte, denen ich mein Herzstück hinterlassen könnte.«

»Ich verstehe«, erwiderte Gundula und nickte Herrn Schäfer zu.

»Hinzu kommt, dass mir das nötige Kleingeld fehlt, um das Gebäude in Stand zu halten beziehungsweise zu sanieren. Herr Morrison ist

der erste Kandidat, der aufrichtiges Interesse zeigt und im Sinne aller Beteiligten handeln will. Es geht hier nicht nur um den Verkauf eines Gebäudes. Hier steht sehr viel mehr auf dem Spiel. Menschen, die schon Jahrzehnte für mich arbeiten, junge dynamische Mitarbeiter, Teilzeitkräfte. Leute, die derzeit um ihre Existenz bangen und das kurz vor Weihnachten.« Herr Schäfer legte eine Sprechpause ein, um seine Worte wirken zu lassen. Claus nutzte die Gelegenheit und sagte: »Um die Mitarbeiter müssen Sie sich keine Sorgen machen, Herr Schäfer. Wir können vertraglich festlegen, dass alle Angestellten für die nächsten zwölf Monate übernommen werden.«

»Und was ist mit der Zeit danach?«, fragte Gundula.

»Danke, Frau König, dass Sie diese Frage stellen, denn das würde mich auch brennend interessieren.«

Herr Schäfer und Gundula sahen erwartungsvoll zu Claus.

»Bitte entschuldigt die Verspätung!«, rief Trish. Völlig außer Atem ließ sie sich auf den Stuhl neben Claus plumpsen. »Der Verkehr auf

69

den Straßen ist um diese Jahreszeit eine einzige Katastrophe! Überall Stau und das alles wegen ein paar Schneeflocken.« Nachdem sie ihre Schimpftirade beendet hatte, trat ein peinliches Schweigen ein. Claus durchbrach die Stille. »Da wir nun vollständig sind, können wir mit der Vorspeise beginnen.« Claus gab dem Oberkellner ein Zeichen, der daraufhin den ersten Gang servieren ließ. »Frau Pherbes, wir sprachen soeben darüber, dass Herr Morrison alle Mitarbeiter für die nächsten zwölf Monate übernehmen würde, doch ich und Frau König stellen uns die Frage, was danach mit den Angestellten passiert?«

Trish legte ihre Gabel zur Seite und tupfte sich mit der Serviette vorsichtig über den Mund. Anschließend stütze sie ihre Ellenbogen auf den Tisch ab und faltete ihre Hände ineinander und sagte: »Herr Schäfer, ich kann Ihre Bedenken verstehen. Aber Sie als Geschäftsmann sollten am ehesten wissen, dass es nicht sinnvoll ist, Zugeständnisse zu geben, die in einer ungewissen Zukunft liegen.« Dabei ruhte ihr Blick eindringlich auf Herrn Schäfer, so als wäge sie ab, wann sie ihm den Todesstoß versetzen konnte.

Ihre nächsten Worten stießen wie Giftpfeile zu. »Es sei denn, wir rationalisieren.«

Gundula schnappte hörbar nach Luft und Herr Schäfer verlor jegliche Farbe aus seinem Gesicht. Claus drehte sich abrupt zur Seite und zischte: »Trish!« Ein unbändiger Zorn packte ihn über ihre Taktlosigkeit. Sie besaß weder Fingerspitzengefühl noch sonst irgendein Gefühl. Keine Empathie. Trish war innerlich leer und kalt. Diese Gefühlskälte spiegelte sich in ihren Augen wider. Claus fragte sich, wie er es fertig gebracht hatte, auch nur einen Tag mit dieser Frau zusammenzuleben.

Wutentbrannt warf Herr Schäfer seine Stoffserviette auf den Teller und erhob sich. »Bitte bleiben Sie«, sagte Claus und stand ebenfalls auf. »Es wird keine Rationalisierung geben.« Sein Blick viel kurz auf Trish, die ihn warnend ansah. Claus ließ sich davon nicht beeindrucken und konzentrierte sich wieder auf Herrn Schäfer. »Bitte, lassen Sie uns in Ruhe darüber reden«, beschwor er ihn und zu seiner Überraschung kam ihm Gundula zur Hilfe. »Herr Morrison hat recht. Wenn Sie ihm die Chance geben, wird es für beide Parteien ein faires Angebot werden.

Bitte«, sagte sie erneut und da er keine Anzeigen zeigte, sich wieder zu setzen, legte sie ihm beschwichtigend ihre Hand auf seinen Arm. Schließlich gab Herr Schäfer nach. Langsam glitt er auf seinen Stuhl zurück und nickte zustimmend.

Zornig erhob sich Trish und an Claus gewendet sagte sie: »Wenn du dich unbedingt in dein Unglück stürzen willst, bitte, aber nicht mit mir.« Sie reichte Claus die Unterlagen, die sie zu diesem Fall ausgearbeitet hatte und meinte: »Einen schönen Abend noch, die Herren und die Dame.« Erhobenen Hauptes verließ sie das Restaurant.

Die anschließende Verhandlung war hart aber fair. Claus brachte die Idee mit ein, mehrere Ladengeschäfte in das Kaufhaus zu integrieren. Unter anderem sollten im Erdgeschoss Platz für kleine Lokale und Cafés entstehen. Claus dachte dabei an Gundula. Sie könnte ihr eigenes Restaurant oder ein Catering eröffnen.

Herr Schäfer und Claus einigten sich so weit, dass sie sich in den nächsten Tagen mit ihren Anwälten beraten würden. Anschließen würden

sie ein erneutes gemeinsames Treffen vereinbaren.

***

Die Nacht war klar und kalt. Gundula und Claus warteten vor dem Restaurant auf das Taxi, das sie sich bestellt hatte. »Ich möchte Ihnen danken, Gundula.«

»Für was?«

»Dafür, dass Sie mir geholfen haben.«

»Ich?«

»Ja. Ohne Sie wäre Herr Schäfer gegangen und wer weiß, ob ich nochmal die Chance bekommen hätte mit ihm über das Geschäft zu reden.«

»Na ja, jetzt übertreiben Sie aber«, setzte sie seine Lobeshymne herab.

Lächelnd schüttelte Claus den Kopf. »Immer so bescheiden, Gundula.« Er kam ihr näher und betrachtete ihr Gesicht. »Ich möchte Ihnen für die letzten drei Tage danken. Es war die schönste Zeit seit … ich weiß nicht mehr seit wann.«

»Ja«, stimmte sie zu. »Es waren auch für mich sehr schöne Tage. Der Dank geht zurück.« Dabei überzog ein Hauch Röte ihre Wangen. Claus näherte sich ihrem Gesicht und flüsterte: »Ich würde dich gern wiedersehen, Gundula.« Sein Mund verharrte dicht über ihre Lippen. Sie wich nicht zurück und Claus küsste sie, sanft und zärtlich. Vorsichtig berührte er ihr Gesicht und streichelte ihre Wange. Gundula legte ihre Hand auf seinen Arm und strich langsam nach oben.

Plötzlich hupte ein Auto. Erschrocken wich Gundula zurück. Das Taxi parkte neben ihnen und wartete. Irritiert hob sie die Hand an ihre Lippen und sah Claus kopfschüttelnd an. »Nein«, wisperte sie und kehrte ihm den Rücken zu.

»Warte!«, rief er und hielt sie am Arm zurück. »Bitte Gundula, sieh mich an«, sagte er. Langsam drehte sie ihren Kopf und sah zu ihm auf. Es zerriss ihr das Herz, ihn derart verletzlich zu sehen. Sie beide hatten keine Zukunft, das sollte er am besten wissen. Er war vergeben und überhaupt, sie passten nicht zusammen. »Geh nicht … bitte, geh nicht«, flüsterte er.

Die Angst drohte ihr die Kehle zuzuschnüren und leise krächzte sie: »Nein, Claus, mit uns, das funktioniert nicht. Wir hatten ein paar schöne Tage und dafür danke ich dir. Aber du hast eine

Freundin.« Rasch senkte sie den Blick und bat ihn mit unterdrückter, bebender Stimme: »Bitte lass mich gehen.«

Für Claus brach eine Welt zusammen. Wie in Trance ließ er Gundulas Arm los und sah zu, wie sie in das Taxi stieg. Er sah nicht ihre Tränen und ahnte auch nichts von ihrer Verzweiflung. Er sah sie aus seinem Leben verschwinden, wie eine Sternschnuppe, die am Himmel erlosch. Das Taxi bog um die Ecke und sie war weg. Für immer.

»Eine kleine Spende! Bitte um eine Gabe für eine arme alte Frau!« Die Stimme riss Claus aus seiner Starre. Es war die Alte, die vor ein paar Tagen vor dem Kaufhaus stand. Seufzend tastete Claus seinen Mantel nach Geld ab. Er trat zu ihr und steckte etwas in die Dose. »Vergelt´s Gott«, sagte sie. »Junger Mann, lassen Sie sich von einem gehauchtem *nein* nicht gleich abschrecken. Wenn Ihnen die Frau wichtig ist, dann kämpfen Sie um sie.« Lächelnd wandte sie sich um und lief davon, dabei schüttelte sie ihre Blechbüchse und rief: »Eine kleine Spende, bitte um eine Spende!«

Irritiert sah Claus der Alten hinterher.

***

Heute war Weihnachten. Gundula traf die letzten Vorkehrungen für den Abend. Auch dieses Jahr gab es ihren traditionellen Kartoffelsalat mit heißen Würstchen und sie würde gegen zweiundzwanzig Uhr zur Christmette gehen. Klar, sie war Single und ihre Eltern verbrachten jedes Jahr Weihnachten auf den Kanaren, aber das hieß noch lange nicht, dass sie kein Weihnachten feierte. Doch zunächst musste sie zur Arbeit. Auf dem Weg dorthin hing sie ihren Gedanken nach. Seit dem Kuss hatte sie nichts mehr von Claus gehört. Auf der einen Seite war sie erleichtert, andererseits enttäuscht. Gundula hatte gehofft, dass Claus anders war als ihr Ex und sich um sie bemühen würde, doch da hatte sie sich wohl getäuscht. Zum Glück war sie vernünftig genug gewesen und hatte nicht auf ihr Herz gehört, sonst läge es heute komplett in Scherben und wäre nicht nur angekratzt. *Sie pflegen wohl zu scherzen, Frau König,* spöttelte ihr innerer Kritiker. *Dein Herz liegt längst in Scherben.*

Nein, schoss sie in Gedanken zurück. In ein paar Tagen würde es ihr besser gehen und die Risse wären verheilt.

Und dein Vater ist Kaiser von China.

Danke auch! Genau diese Worte hatte sie benötigt. Heute war Weihnachten und sie würde sich das Fest der Liebe nicht vermiesen lassen. Auch nicht von ihrer *miesepetrigen* inneren Stimme.

Die S-Bahn fuhr unsanft um eine Kurve und rüttelte Gundula aus ihrem inneren Monolog wach. Vorsichtig sah sie sich um. Hatte sie etwa laut mit sich selbst gesprochen? Nein, allem Anschein nach nicht. Die Menschen um sie herum sahen sie nicht komisch an oder flüsterten hinter vorgehaltener Hand. Mit lautem Quietschen hielt die S-Bahn an und Gundula stieg aus. Sie verschwand in der Menge der vorbeieilenden Menschen und bemerkte nicht die Alte, die ihr wissentlich lächelnd hinterher sah.

***

Claus tigerte in seinem Büro hin und her, unschlüssig was er tun sollte. Heute war

Weihnachten und er hatte nichts von Gundula gehört. Geduldig hatte er gewartet, ob sie Kontakt zu ihm aufnehmen würde, aber das hatte sie nicht. Zudem geisterten ihm die Worte der alten Frau Nacht für Nacht durch den Kopf: *Kämpfen Sie um sie.*

Er würde sich auf keinen Fall aufdrängen. Gundula hatte ihm ein klares *Nein* gesagt. Egal was die alte Frau gefaselt hatte, er würde heute Abend in das Weihnachtskonzert gehen, mit oder ohne Begleitung. Die Karten dafür hatte er an dem Tag besorgt, an dem er Gundula geküsst hatte. Seufzend blieb er stehen und starrte auf die zwei Karten auf seinem Schreibtisch.

***

»Noch etwas Curry und der Kartoffelsalat ist perfekt«, murmelte Gundula. Vorsichtig hob sie das Gewürz unter den Salat. Natürlich hatte sie wieder viel zu viel gemacht. *Egal*, dachte sie. *Dann esse ich eben die nächsten drei Tage Kartoffelsalat.*

Gundula wischte über die Arbeitsplatte, als es an der Tür klingelte. *Nanu?* Verwundert sah sie auf die Uhr, es war kurz nach halb acht.

»Guten Abend, Gundula. Bitte entschuldigen Sie die Störung, aber ich bekomme dieses verflixte Glas Würstchen nicht auf.«

»Hallo Frau Moser.« Verblüfft starrte Gundula ihre Nachbarin an. Diese stand in ihrer feinsten Robe vor ihr, mit einem Glas Würstchen in der Hand. Wieder die Fassung erlangt, sagte sie: »Bitte kommen Sie herein und setzten Sie sich.« Frau Moser reichte ihr das Glas und ließ sich auf einen Stuhl im Esszimmer nieder. Dabei bewunderte sie Gundulas Weihnachtsbaum. »Hübsch ihr Baum!«, rief sie in Richtung Küche.

»Danke«, erwiderte Gundula und kam mit dem geöffneten Glas zurück. »Oh, Sie haben es geschafft. Sie sind meine Rettung. Ohne Sie hätte ich den Kartoffelsalat ohne Beilage essen müssen.«

»Gern geschehen. Darf ich Ihnen zur Feier des Tages einen Eierlikör anbieten? Er ist selbst gemacht.«

»Ach, da sage ich nicht nein. Ein Gläschen kann nicht schaden«, zwinkerte Frau Moser ihr zu und lächelte verschmitzt. Gundula stellte zwei Gläser auf den Tisch und lief in die Küche, um den Eierlikör zu holen, als es erneut an der Tür klingelte. Sie öffnete die Tür und vor ihr stand Frau Klöppel, eine betagte alte Dame, weit über die achtzig. »Bitte entschuldigen Sie die Störung, Frau König, aber ich Schussel hab mich aus der Wohnung ausgesperrt.« Völlig aufgelöst und den Tränen nahe stand Frau Klöppel in ihrer Kittelschürze vor ihr und knetete nervös ein Stofftaschentuch. »Ach herrje!«, meinte Gundula und trat zur Seite. »Kommen Sie doch erst einmal herein.« Sie verfrachtete Frau Klöppel ins Esszimmer zu Frau Moser. »Auf den Schreck müssen Sie einen Eierlikör mit uns trinken?«

»Der ist selbstgemacht«, sagte Frau Moser. Und fragte: »Was ist denn passiert?«

Frau Klöppel erzählte Frau Moser ihr Missgeschick. Die beiden Damen schlürften dazu den Eierlikör, während Gundula versuchte, einen Schlüsseldienst zu erreichen. Sie hatte Glück oder besser gesagt Glück und Pech gleichzeitig. Zwar könnte ein Mitarbeiter kommen, allerdings erst in ungefähr einer Stunde, schließlich sei heute Weihnachten und da wären sie nicht voll besetzt

und überhaupt benötigt heute Abend irgendwie jeder einen Schlüsseldienst! Gundula bedankte sich kleinlaut und war froh, dass die Frau am anderen Ende nicht vor ihr stand.

Aus dem Esszimmer hörte sie Frau Moser und Frau Klöppel herzhaft lachen. »Soll noch einer sagen, in diesem Haus gäbe es keine gute Nachbarschaft«, murmelte Gundula und erschrak beim Klang ihrer Klingel. *Was ist denn heute nur los?*, fragte sie sich und öffnete die Tür. Vor ihr stand Hannes, der Sohn von Herrn Matusch, aus der Erdgeschosswohnung. »Hallo Hannes?«, fragte Gundula und betrachtete den kleinen blonden Wuschelkopf vor ihr besorgt. Hannes war zehn – wie er ihr immer stolz vor Augen hielt – und viel zu erwachsen für sein Alter. Schweigend streckte er ihr sein Handy entgegen. Gundula griff danach. »Hallo?«, fragte sie und kam die nächsten fünf Minuten nicht zu Wort. Herr Matusch erzählte ihr, dass er an irgendeinem Flughafen festsaß und das Kindermädchen von Hannes einen Notfall in der Familie hätte. Er bat, nein, er flehte sie regelrecht an, auf seinen Sohn aufzupassen, bis er zu Hause wäre. Er würde alles in seiner Macht stehende

81

unternehmen, um heute noch nach Hause zu kommen. Herr Matusch bedankte sich überschwänglich bei ihr und beendete das Gespräch. Gundula sah auf das Handy und anschließend auf Hannes. Der stand mit hängendem Kopf und Schulter vor ihr. Sein Anblick zerriss ihr das Herz. »Komm rein Hannes, dein Vater ist auf dem Weg und wird dich hier abholen. Hast du schon zu Abend gegessen?« Hannes schüttelte stumm den Kopf und ließ sich von Gundula ins Esszimmer führen. Frau Moser und Frau Klöppel steckten gerade die Köpfe zusammen und kicherten um die Wette. Der Eierlikör schmeckte den Damen, denn die Flasche war bereits zur Hälfte geleert und ließ die Wangen der beiden glühen. »Nanu?«, fragte Frau Klöppel. »Hannes? Ist dein Vater auch hier?« Dabei reckte sie ihren Hals, so als könnte sie Herrn Matusch sehen. »Er steckt fest«, erwiderte Hannes knapp und setzte sich mit an den Tisch. Gundula sah in die Runde. »Wie wäre es mit Kartoffelsalat und heißen Würstchen?«, fragte sie lächelnd.

Das schlichte Essen kam gut an, Hannes nahm sich einen Nachschlag und auch die beiden älteren Damen sagten nicht nein zu einer weiteren Portion. Frau Moser hatte ihre Würstchen zugesteuert und erzählte zum x-ten Mal, dass ihr Heinrich sich jedes Weihnachten Kartoffelsalat mit Würstchen gewünscht hatte und wie sehr sie ihn vermisste. Im Hintergrund erklang leise Weihnachtsmusik aus dem Radio. Gundula hielt inne und betrachtete das Szenario ihrer unerwarteten Gäste. Sie war insgeheim froh darüber, diesen Abend nicht alleine zu verbringen. Das Klingeln an der Tür ließ sie erstarren. *Noch mehr Gäste?*

Hannes blickte hoffnungsvoll zu ihr auf, doch Gundula zuckte nur fraglich mit den Schultern. Sie öffnete die Tür und ein Mann vom Schlüsseldienst stand vor ihr. Zusammen gingen sie in den nächsten Stock und Gundula zeigte ihm die Wohnungstür von Frau Klöppel. Zurück in ihrer Wohnung teilte sie den Frauen mit, dass der Mann vom Schlüsseldienst gekommen sei. Frau Klöppel wollte sofort nach oben, aber Gundula konnte sie überreden, hier zu warten, bis der Mann mit seiner Arbeit fertig war. Sie räumte das Geschirr in die Spülmaschine und summte leise ein Weihnachtslied. Hannes kam zu ihr und fragte: »Können wir nicht etwas zusammen spielen, bis Papa kommt?«

»Klar! Was würdest du denn gerne spielen?«

»Och, mir egal«, meinte er nur.

»Na, dann komm mal mit, Herr ist-mir-egal«, neckte sie Hannes und wuschelte ihm durch seine blonden Locken. »Kennst du: Mensch ärgere dich nicht?«

»Logo!«

»Okay. Dann spielen wir das.«

»Vielleicht wollen Frau Moser und Frau Klöppel auch mitspielen?«, fragte Hannes hoffnungsvoll und lief vor Gundula ins Esszimmer.

Die beiden Damen waren nicht abgeneigt und der Abend wurde zunehmend lustiger. Gundula wurde gerade zum dritten Mal vor ihrem Eingang auf dem Spielbrett hinausgeschmissen, als die Türglocke ertönte. »Ich mach auf!«, rief Hannes und war auch schon zur Tür gerannt. »Hey, warte«, sagte Gundula und folgte ihm. Es war der Mann vom Schlüsseldienst. Die Tür hatte ein neues Schloss

bekommen und der Mann wollte sein Geld von Frau Klöppel einkassieren. »Sie wissen doch, nur Bares ist Wahres.«

»Kommen Sie doch erst einmal herein«, bat Gundula und führte den Mann ins Esszimmer. Frau Klöppel wäre dem guten Mann fast vor Freude um den Hals gesprungen. Erst als er ihr den Preis für das neue Schloss nannte, plumpste sie sprachlos auf den Stuhl zurück. Frau Moser schnappte ebenfalls erschrocken nach Luft. »Es tut mir leid, aber die Preise sind nicht von mir«, entschuldigte sich der Mann und sah etwas betreten drein. Gundula forderte ihn auf, sich erst einmal zu setzen. Sie fragte ihn, ob er Hunger hätte. Der Mann zögerte kurz, schließlich nickte er kaum merklich. Am Tisch herrschte betretenes Schweigen. Gundula stellte ihm einen vollen Teller hin und bot ihm etwas zu trinken an. »Danke«, sagte er und schlang halb verhungert sein Essen rein. Die Frauen, wie auch Hannes sahen ihm dabei zu. »Wie heißt du?«, fragte Hannes und der Mann hielt in der Bewegung inne. »Herbert, Herbert Brandner.«

»Herr Brandner?«, fragte Frau Klöppel vorsichtig, sodass er innehielt. »Verzeihung …

aber … der Preis? Meinen Sie nicht, dass sich da was machen lässt?« Besorgt sah sie Herrn Brandner an. »Hm …«, meinte er zögernd. »Das ist der Feiertagszuschlag, da kann ich nix machen. Haben Sie denn keine Versicherung, die sowas übernimmt?« Langsam schüttelte Frau Klöppel den Kopf. »Hm … Ich kann noch ma mit der Chefin reden, aber ich will Ihnen keine großen Hoffnungen machen«, betonte er und zeigte dabei mit der Gabel in ihre Richtung. »Das würden Sie tun?«

»Na klar. Übrigens, das Essen schmeckt lecker. Weiß gar nicht, wann ich das letzte Mal nen richtigen Kartoffelsalat gegessen hab.«

»Das freut mich. Ich meine, dass es Ihnen schmeckt«, erwiderte Gundula. Herr Brandner lächelte und schob sich eine weitere Gabel Salat in den Mund. Schweigen legte sich über die Runde, nur Herr Brandners Kratzen und Schaben vom Besteck auf seinem Teller, durchbrach die Stille.

Gundula blieb fast das Herz stehen, als die Türglocke erneut ertönte. Mit Hannes, der sich an ihr vorbeiquetschte, lief sie zur Tür. Der Junge öffnete und Gundula erstarrte. »Claus?«, wisperte

86

sie völlig überrascht. »Hallo Gundula, darf ich reinkommen?«, fragte er. »Oder störe ich?«

»Ja … ich meine nein …«, stammelte sie und bat Claus herein. Im Flur blieben sie stehen und sahen sich schweigend an. Hannes musterte die beiden. »Wer ist der Mann?«, fragte er in seiner kindlichen Neugier. Irritiert sah Gundula ihn an. Sie stand völlig neben sich. *Was ist heute Abend nur los?*, fragte sie sich. Claus ging vor dem Kind in die Hocke: »Hi, ich bin Claus«, stellte er sich freundlich vor. »Hi, ich bin Hannes. Bist du Gundulas Freund?«

»Ich weiß nicht«, meinte er und sah mit Hannes fragend zu Gundula auf. Peinlich berührt, wusste sie nichts darauf zu antworten, stattdessen sagte sie: »Geh doch wieder zu den anderen ins Esszimmer zurück und spiel weiter, Hannes.«

»Na gut.« Schmollend ging er, aber nicht ohne sich noch einmal umzudrehen und die beiden anzusehen.

»Gundula, ich …« Claus brach ab und lief auf sie zu. Er nahm ihre Hände in seine und sah ihr tief in die Augen.

87

»Patrizia und ich, wir haben uns getrennt.«
Erschrocken zog sie die Luft ein und sah Claus
entsetzt an. Bevor sie antworten konnte, fuhr er
fort.

»Nein, bitte nicht, Gundula. Es ist nicht deine
Schuld. Die Beziehung existierte schon lange
nicht mehr. Unser Gespräch im Aufzug hat mir
die Augen geöffnet. Du hast mich gefragt, ob ich
glücklich sei. Diese Frage habe ich auch Trish
gestellt und so kam eins ins andere und
letztendlich haben wir uns getrennt. Trish trauert
nicht um uns oder mich. Ihr Ego hat lediglich
einen Kratzer abbekommen, mehr nicht.«

»Und du?«, fragte Gundula.

Verneinend schüttelte Claus den Kopf. »Mir
geht es gut. Es war das Beste, das ich tun konnte.
Wir hatten keine Gemeinsamkeiten mehr. Wir
wollten es nur nicht wahrhaben.« Er holte tief
Luft. »Gundula?«

»Ja?«

»Könntest du einen Mann wie mich lieben?«,
wagte er zu fragen. Gundula benetzte sich nervös
die Lippen und unterdrückte ein hysterisches
Schluchzen. *Der Mann hat Nerven,* dachte sie. Er
sprach von *könnte,* dabei war sie längst über beide

88

Ohren in ihn verliebt. Noch ehe sie Claus antworten konnte, hörte sie ihre Nachbarin Frau Moser hinter sich tuscheln: »Gleich küssen sie sich.«

»Iiigitt!«, rief Hannes und Frau Klöppel zischte: »Psst, stör die beiden nicht, Junge.«

»Diese jungen Leute von heute«, brummte Herr Brandner.

Verlegen drehte sich Gundula zu ihren Gästen und bat stumm um etwas Privatsphäre, doch sie dachten nicht daran, sich zurückzuziehen. Im Gegenteil, die beiden Damen animierten sie im Türrahmen stehend dazu, sich von Claus küssen zu lassen. Kopfschüttelnd und lachend wandte sich Gundula wieder zu Claus. Ihr Lachen erstarb, als sie seinem entschlossnen Blick begegnete. Er nahm ihre Hände in seine und zog sie näher zu sich heran. So nah, dass sich ihre Nasenspitzen fast berührten. Dicht an ihren Lippen flüsterte er: »Ich liebe dich, Gundula König und ich werde kein Nein mehr akzeptieren.« Kaum hatte er die Worte ausgesprochen, verschmolzen ihre Münder zu einem langen zärtlichen Kuss. Frau Moser und Frau Klöppel klatschten vor Freude in die Hände,

selbst Herr Brandner lächelte in sich hinein. Einzig Hannes zog ein Gesicht, als hätte er in eine Zitrone gebissen.

Claus unterbrach den Kuss und schob Gundula ein Stück von sich. Sie wusste, er wartete auf eine Antwort von ihr. »Dito«, erwiderte sie freudestrahlend und schlang lachend die Arme um Claus.

Nachdem sich die Aufregung gelegt hatte, schlug Gundula vor, gemeinsam in die Christmette zu gehen. Claus bestellte das Taxi und selbst Herr Brandner wurde dazu überredet, nach seinem Feierabend mit zum Gottesdienst zu kommen. Zu Hause wartete niemand auf ihn. Gundula schrieb noch eine Nachricht für Hannes' Vater und klebte den Zettel an die Haustür, bevor sie gemeinsam aufbrachen.

***

Die Kirche war voll, sodass jeder gerade noch einen Sitzplatz bekam. Claus saß neben Gundula und hielt ihre Hand. Es war ein angenehmes Gefühl und als der Chor zu singen begann, brannten Tränen des Glücks in ihren Augen.

Verstohlen schaute sie zu Claus, er sah glücklich aus. Auf dem Weg zur Kirche hatte er ihr eine kurze Zusammenfassung der letzten vierzehn Tage gegeben. Dass er das Geschäft mit Herrn Schäfer unter Dach und Fach gebracht hatte, dass Trish nicht mehr seine Freundin und Finanzberaterin war. »Ohne dich sind meine Tage grau und leer, Gundula«, hatte er gesagt. »Du hast mich verzaubert. Ich liebe ich dich.«

Ja, dachte sie, als sie sein Profil betrachtete. *Auch du hast mich verzaubert.*

Claus wandte seinen Kopf zur Seite, sodass sich ihre Blicke trafen. Sie verschmolzen geradezu miteinander. Von der Empore erklang das Lied *The Book of Love* und Claus sang leise mit: »... *You ought to give me wedding rings ...*«

Vor der Kirche verharrte die alte Frau mit ihrer Blechbüchse und lauschte den Klängen des Chores. Ein zufriedenes Lächeln huschte über ihr Gesicht und allmählich verschwand sie in der Dunkelheit der Nacht. Einzig ihre Büchse hörte man scheppern und ihre kratzige Stimme hallte wieder: »Eine kleine Spende für eine arme alte Frau.«

Der Wind frischte auf und ließ die ersten Schneeflocken vom Himmel schweben, das Treiben wurde immer dichter und hüllte die Welt in einen weißen Mantel.

ENDE

Kommt, lasst uns einen Schneemann bauen

*E*s hatte geschneit. Bryan sah aufgeregt und freudig aus seinem Fenster im Kinderzimmer. Der Garten vor dem Haus und die dahinterliegende Einbahnstraße hatte sich über Nacht in eine weiße Märchenlandschaft verwandelt. Der Schein der Straßenlaterne reflektierte die tausenden Schneekristalle und ließ sie wie Diamanten glitzern.

»Bryan Lang!«, ertönte die strenge aber liebevolle Stimme seiner Mutter vom unteren

93

Treppenabsatz. »Wenn du so weiter trödelst, kommen wir zu spät.« Heute war der letzte Kindergartentag vor den Weihnachtsferien und es gab ein gemeinsames Frühstück mit den Eltern im Kindergarten. Sein Vater würde nicht mitkommen, da ihm ein wichtiger Termin dazwischengekommen war. Bryan hatte sich so darauf gefreut und war gestern Abend enttäuscht und traurig ins Bett gegangen. Die Schneepracht draußen entschädigte ihn ein klein wenig dafür und er freute sich darauf, einen Schneemann zu bauen.

Seufzend riss Bryan sich von der schönen Winterlandschaft los, als er plötzlich den mysteriösen alten Mann aus dem gegenüberliegenden Haus entdeckte. Der Mann war ihr Nachbar und sein Vater war gar nicht gut auf ihn zu sprechen.

Einmal hatte Bryan mitbekommen, wie sich seine Eltern deswegen gestritten hatten. Er hatte nicht verstanden, worum es bei dem Streit ging, aber sein Vater war danach tagelang schlecht gelaunt gewesen.

Der alte Mann hatte Bryan bemerkt, denn er hielt in der Bewegung mit den Schneeschaufeln

inne und sah zu ihm auf. Er stützte sich am Stil des Schneeschiebers ab und hob zögernd seine Hand zum Gruß. Erschrocken wich Bryan vom Fenster zurück, doch die kindliche Neugier ließ ihn erneut aus zu ihm sehen. Der Mann stand immer noch da und sah zu ihm auf. Schüchtern hob Bryan seine kleine Hand und erwiderte den Gruß.

***

»Bitte halt endlich still und zappel nicht so herum, Bryan. Ich kann dir deine Jacke nicht zuziehen, wenn du nicht stehen bleibst.«

»Warum darf ich keinen Schneemann bauen?«, quengelte Bryan.

»Schatz, das habe ich dir eben erklärt. Wir kommen zu spät und außerdem kannst du heute im Kindergarten einen Schneemann bauen.«

»Och menno«, schmollte Bryan und Sabrina unterdrückte ein Schmunzeln. Ihr Sohn sah sie zutiefst beleidigt an. Er hatte die Unterlippe nach vorne geschoben und zog dabei missbilligend die Augenbrauen zusammen. Sabrina hätte ihn zu gerne in die Arme gezogen, um ihn seinen Trotz

aus dem Gesicht zu küssen. Sie liebte Bryan über alles, besonders wenn er wie ein kleiner Lausbub vor ihr stand. Seine feuerroten Haare steckten unter einer grünen Wollmütze mit Bommel, die die Farbe seiner grünen Augen betonte. Wobei winzige Sommersprossen seine Wangen und die kleine Stupsnase zierten. Innerlich seufzte Sabrina. Wie schnell würde aus ihrem kleinen süßen Zwerg ein erwachsener Mann werden. Viel zu kostbar waren Augenblicke wie diese. Liebevoll stupste sie mit dem Zeigefinger seine Nase an. »Jetzt wird nicht geschmollt, kleiner Mann. Erst die Arbeit, dann das Vergnügen.« Enttäuscht fügte sich Bryan in sein Schicksal. Mit hängenden Schultern und im Schlurfschritt folgte er seiner Mutter nach draußen. Sein Kummer war jedoch schnell vergessen, als er die ersten Schritte durch den frischen Schnee stapfte. Er bückte sich, nahm eine Handvoll und formte einen Schneeball. Doch der Schnee war zu fluffig und rieselte ihm aus den kleinen Händen.

»Der Schnee ist zu pulvrig«, hörte er eine Stimme von der Straße her sagen. Erschrocken hob Bryan den Kopf und sah, dass der alte Mann mit seinem Schneeschieber vor der Einfahrt

stand. Mit dem Finger deutete er auf Bryans Hand. »Wenn du richtige Schneebälle formen willst, musst du entweder warten, bis der Schnee ein paar Tage alt ist oder du ziehst deine Handschuhe aus.«

»Das ist keine gute Idee«, mischte sich Sabrina ein. Sie trat hinter ihren Sohn und legte ihm schützend eine Hand auf die Schulter. Der Alte musterte sie finster. Dabei zog er seine buschigen Augenbrauen zusammen. Sabrina starrte erhobenen Hauptes zurück. Sie glaubte ein leichtes Zucken um seine Mundwinkel zu erkennen. »Ich habe den Gehweg geräumt. Wenn du willst, kann ich eure Einfahrt noch freischaufeln.« Abwartend blieb er stehen.

»Das ist nicht nötig … du weißt, dass Bennet …« Abrupt verstummte sie. Sie bat ihn lautlos um Entschuldigung. Der Alte nickte wissentlich und kehrte den beiden den Rücken zu. »Warte!«, rief sie ihm nach. Der Mann blieb abwartend stehen. »Danke, Berthold«, sagte sie aufrichtig. Ihre Worte ließen ihn herumfahren und beim Anblick von Sabrina und ihrem Sohn zog sich sein Herz schmerzhaft zusammen. Sie musste den Schmerz in seinen Augen gesehen haben, denn sie kam auf

ihn zu. Doch er hob abwehrend seine Hand und sagte: »Nein, Sabrina, er will es nicht. Und ich *möchte* nicht, dass du meinetwegen Ärger bekommst. Er ist so verdammt stur, dein Mann.«

Traurig sah sie Berthold hinterher. *So kann das nicht weitergehen*, dachte sie trübselig. Die beiden müssen endlich ihr Kriegsbeil begraben.

***

Es war spät, als Bennet nach Hause kam. Sabrina lag, eingekuschelt in einer Wolldecke, auf dem Sofa und schlief. Ihr Mann beugte sich über sie und gab ihr einen Kuss auf die Wange. Verschlafen schlug sie die Augen auf. »Bennet?«, murmelte sie und setzte sich auf.

»Hallo Schatz.«

»Wie spät ist es?«, fragte sie und versuchte die Ziffern auf ihrer Armbanduhr zu erkennen.

»Spät, viel zu spät«, sagte er müde. »Lass uns zu Bett gehen, ich bin hundemüde.«

»Ja«, flüsterte sie. Bennet hörte und sah ihre Enttäuschung.

»Entschuldige, Sabrina«, sagte er. In seinem Blick lag aufrichtiges Bedauern.

»Bei mir musst du dich nicht entschuldigen, Bennet. Bryan ist vier. Er versteht es nicht, dass dir deine Arbeit wichtiger ist als er.« Aufgebracht schlug sie die Decke zur Seite und schlüpfte an ihrem Mann vorbei. Dieses Thema hatten sie zu Genüge diskutiert und es führte zu nichts. Frustriert lief sie ins Schlafzimmer und ließ Bennet alleine zurück. Seufzend erhob er sich und schaltete das Licht der Stehlampe aus. Der Mond schien hell durch das große Wohnzimmerfenster und Bennet stellte sich davor. Wieder seufzte er, als er den im Mondlicht glitzernden Schnee betrachtete. Er hatte Bryan versprochen heute Nachmittag mit ihm zum Schlittenfahren zu gehen, doch dann kam kurz vor Feierabend der Anruf von seinem Chef und Bennet schob, wie so oft, Überstunden. Sabrina und Bryan waren zurecht sauer auf ihn. Über die Feiertage würde er alles wieder gut machen, das hatte er sich vorgenommen. Einen letzten Blick auf die Schneelandschaft werfend, wandte er sich um und ging zu Bett.

**

»Guten Morgen«, sagte Bennet gutgelaunt, als er die Küche betrat. Sabrina und Bryan verzierten Plätzchen und schenkten ihm nicht sonderlich viel Aufmerksamkeit. Bennet klatschte geschäftig in die Hände und fragte: »Hey Bryan, wollen wir nach draußen gehen und eine Schneeballschlacht machen?«

Bryan hob den Kopf und warf seinem Vater einen altklugen Blick zu. »Das geht nicht«, entgegnete er und streute weiterhin bunte Streusel auf die Kekse, die seine Mutter mit Zuckerguss bestrichen hatte.

»Warum nicht?«

»Der Schnee ist zu pulvrig. Der muss erst frieren oder du musst die Schneebälle ohne Handschuhe machen. Aber das hat Mami verboten«, erklärte er seinem Vater, den Blick fest auf die Plätzchen gerichtet, die er hochkonzentriert verzierte.

»Woher weißt du das?«, fragte Bennet verwundert.

»Von dem alten Mann, der immer den Schnee vom Gehweg schiebt.«

Bennet suchte den Blickkontakt zu seiner Frau, doch Sabrina wich ihm aus.

»Berthold, der Mann heißt Berthold«, meinte Bryan nickend und leckte sich ein paar Streusel von den kleinen Fingern. Sabrina erstarrte für eine Sekunde, doch dann strich sie weiter Zuckerguss auf die Plätzchen.

»Bryan, würdest du deine Mutter und mich bitte kurz alleine lassen«, sagte er in einem Befehlston, der keine Widerrede duldete. »Aber die ...«, protestierte Bryan.

»Bryan«, warnte sein Vater ihn.

Mit hängenden Schultern, schlich Bryan aus der Küche und stapfte die Treppe nach oben, doch anstatt in sein Zimmer zu laufen setzte er sich auf die oberste Stufe und lugte durch die Gitterstäbe des Treppengeländers.

»Ich dachte, wir hätten eine Abmachung«, meinte Bennet und trat einen Schritt auf seine Frau zu.

»Ja, hatten wir«, entgegnete Sabrina und sah ihren Mann dabei herausfordernd an.

»Und warum hältst du dich nicht daran?«

Ihren Zorn unterdrückend, wusch sich Sabrina den Zuckerguss von den zittrigen Fingern. Sie griff nach dem Geschirrtuch, trocknete ihre Hände ab und warf es wütend in

101

das Spülbecken. Abrupt drehte sie sich zu ihren Mann. »Bryan ist kein Baby mehr, Bennet«, sagte sie und ihre grünen Augen funkelten aufgebracht an.

»Ich weiß, er ist inzwischen vier. Was hat das damit zu tun, dass er keinen Kontakt zu Berthold haben soll.«

»Du hast ja nicht die geringste Ahnung, Bennet.«

»Ach, aber du?«

»Du bist tagsüber nicht hier. Wie soll ich Bryan von deinem Vater fernhalten, wenn er uns gegenüber wohnt? Wir sind Nachbarn und Nachbarn laufen sich nun einmal jeden Tag über den Weg.«

»Man muss sich aber nicht mit ihnen unterhalten«, konterte Bennet.

»Dann erklär das Mal einem Vierjährigen, der gerade neugierig die Welt entdeckt.«

Frustriert fuhr sich Bennet mit den Händen über sein Gesicht. Er war diese endlosen Diskussionen leid. Sie führten zu nichts. »Bennet«, flehte Sabrina und berührte seinen Arm. »Früher oder später muss er es erfahren, dass Berthold sein Opa ist. Du kannst es nicht für

immer totschweigen. Beziehungsweise willst du, dass Bryan von fremden Menschen erfährt, wer unser Nachbar ist? Denn eines Tages wird er es erfahren.«

»Ich brauche frische Luft.« Das war alles, was Bennet dazu sagte. Ohne ein weiteres Wort kehrte er Sabrina den Rücken zu und verließ die Küche. Intuitiv sah er im Flur nach oben und entdeckte Bryan auf der Treppe. Er hatte alles mitangehört. Sein Sohn sprang auf und rannte in sein Zimmer. Die Tür fiel mit einem lauten Knall ins Schloss und die darauffolgende Stille war wie ein Faustschlag in die Magengrube – schmerzhaft. Hinzu kam ein Gefühl des freien Falls. Bennet wollte seinem Sohn hinterherlaufen, doch Sabrina hielt ihn zurück. »Lass ihn«, bat sie und ihr stummer Blick sprach Bände. Bennet nickte knapp. Er nahm sich seine Jacke von der Garderobe, zog sich Stiefel an und ohne ein Wort des Abschieds verließ er das Haus. Mit Tränen in den Augen sah Sabrina ihm hinterher.

***

Die weihnachtliche Stimmung war seit dem gestrigen Streit dahin. Sabrina hatte sich, nachdem Bennet gegangen war, um Bryan gekümmert. Ihr Sohn war am Boden zerstört und weinte bitterliche Tränen. »Warum darf Berthold nicht mein Opa sein?«, fragte er unter lauten Schluchzern. Sabrina hatte keine Ahnung, wie sie einem vierjährigen erklären sollte, dass sein Vater und sein Opa seit dem Tod der Oma nicht mehr miteinander sprachen. »Die Welt der Erwachsenen ist manchmal kompliziert«, sagte sie und strich ihrem Sohn liebevoll durch sein rotes Haar. »Warum?«, fragte Bryan schniefend.

»Dein Vater und dein Opa haben sich ganz doll gestritten und reden seitdem nicht mehr miteinander«, erklärte sie ihrem Sohn. »Warum?«, fragte er wieder und sah seine Mutter erwartungsvoll, aus großen Kulleraugen an. Sabrina seufzte leise. »Das *Weshalb* ist eine berechtigte Frage, Bryan. Das wissen die zwei Sturköpfe wahrscheinlich selbst nicht mehr. Weißt du, als deine Oma starb, waren beide sehr traurig und Erwachsene sagen manchmal schlimme Sachen, wenn sie betrübt sind.«

Für einen Moment sah Bryan sie an und Sabrina erkannte, wie sein kindlicher Verstand versuchte, diese Nachricht einzuordnen. Plötzlich sagte er: »Wenn ich mich im Kindergarten mit Tim streite, kommt Tante Martha und schimpft mit uns. Manchmal müssen wir dann zur Strafe in die Ecke. Danach geben wir uns die Hand und vertragen uns wieder. Warum tun das Papa und Opa nicht?«

Sabrina lächelte ihren Sohn an und meinte: »Das, mein Schatz, ist das Komplizierte in der Welt der Erwachsenen.«

***

Heute war Heiligabend und Bryan konnte es kaum erwarten, dass das Christkind kam. Er hatte beim Aufstehen schon gefragt, wie lange es noch bis zur Bescherung dauern würde. Sabrina schmunzelte, wenn sie an das Gesicht ihres Sohnes dachte. Seine Wangen waren vor Aufregung gerötet und die Augen glänzten erwartungsvoll. Doch jetzt war Bennet erst einmal mit seinem Sohn zum Schlittenfahren unterwegs. Somit hatte Sabrina Zeit, die letzten

Vorkehrungen für heute Abend zu treffen. Das hieß, die restlichen Geschenke einzupacken, das Abendessen vorzubereiten und eine Dose Plätzchen für Berthold zurechtzumachen, um sie ihm persönlich vorbeizubringen. Letzteres wollte sie gleich als Erstes erledigen, falls Bennet und Bryan früher nach Hause kämen.

Sabrina stand vor Bertholds Tür und wartete. Sie hatte zweimal geläutet, doch nichts rührte sich. Nervös starrte sie auf ihre Stiefel und stieß immer wieder mit den Spitzen aneinander. *Vielleicht war er gar nicht zu Hause?*, überlegte sie. Oder er hatte sie gesehen und öffnete nicht. Sie beschloss die Dose mit den Plätzchen vor die Tür zu stellen und zu gehen. Plötzlich ging die Tür auf. »Sabrina?«, fragte Berthold verwundert.

»Hallo«, sagte sie zögernd. »Ich wollte dir frohe Weihnachten wünschen. Hier sind ein paar Plätzchen.« Sie hielt ihm die Dose entgegen. Berthold starrte völlig entgeistert erst sie und dann die Büchse an. Letztendlich besann er sich und trat einen Schritt zur Seite. »Komm doch bitte rein«, sagte er. Zögernd betrat Sabrina sein Haus und folgte ihm in die Küche. Er bot ihr an, Platz zu nehmen, und sie setzte sich an den

kleinen Küchentisch. Der Raum war gemütlich. In einem alten Küchenherd knisterte ein Feuer und strahlte eine wohlige Wärme aus. Sie schob ihrem Schwiegervater die Dose hin. »Die sind selbstgemacht. Bryan hat mir dabei geholfen.«

»Das ist lieb von dir. Danke, Sabrina.« Berthold griff nach der Dose und hielt sie mit seinen großen Händen fest. »Weiß Bennet, dass du hier bist?«, fragte er.

»Nein«, erwiderte sie und wissentlich nickte er.

»Berthold … ich…«, stammelte Sabrina. Kurz hielt sie inne und nahm all ihren Mut zusammen. »Der eigentliche Grund, warum ich hier bin, ist: Ich bitte dich inständig mit Bennet zu reden.«

Verärgert zog Berthold die Stirn in Falten, doch bevor er etwas erwidern konnte, meinte Sabrina: »Wie wäre es mit heute Abend, nach der Kirche? Bryan würde sich freuen, dich zu sehen. Letztendlich muss einer von euch beiden den ersten Schritt wagen. Bitte, tu es deinem Enkel zuliebe. Der Junge hat dich gern und … ich auch.« Der ältere Mann sagte nichts und Sabrina stand auf. »Ich muss jetzt los. Danke, dass du mir

zugehört hast.« Eilig verließ sie die Küche und das Haus. Bewegungslos saß Berthold am Küchentisch und hielt nach wie vor die Dose Plätzchen zwischen seinen schwieligen Händen fest.

***

»Der Chor hat wundervoll gesungen«, schwärmte Sabrina beim Verlassen der Kirche. Sie und Bennet hielten Bryan an der Hand. Es hatte wieder angefangen zu schneien. Wie Federn schwebten die Schneeflocken vom Himmel. Bennet und Sabrina wünschten einigen Leuten aus der Nachbarschaft, die ebenfalls den Gottesdienst besucht hatten, frohe Weihnachten. Die Menschentrauben lösten sich nach und nach auf. Verstohlen sah sich Sabrina um, doch von Berthold war nichts zu sehen. Enttäuscht darüber, dass er nicht gekommen war, schallt sie sich eine Närrin.

»Frohe Weihnachten«, ertönte plötzlich eine tiefe Stimme hinter ihnen. Erschrocken drehte Sabrina sich um. Vor ihr stand Berthold und hielt ein Geschenk im Arm. Abwartend verharrte er.

Eisiges Schweigen breitete sich unter den Erwachsenen aus. »Fröhliche Weihnachten, Opa Berthold«, sagte Bryan und strahlte über das ganze Gesicht. Gleichzeitig befreite er sich aus den Händen seiner Eltern. »Nicht Bryan!«, befahl ihm Bennet, doch sein Sohn sah ihn nur trotzig an und lief weiter auf seinen Opa zu. Er stellte sich neben ihn und legte seine kleine Hand in die seines Opas. Lächelnd sah er zu ihm auf, woraufhin Berthold sein Lächeln erwiderte. »Hier«, sagte er, »das ist für dich.« Er überreichte Bryan das Geschenk.

»Danke.« Voller Stolz, nahm er das Päckchen entgegen. Sabrina trat auf die beiden zu. »Frohe Weihnachten«, sagte sie und beugte sich zu ihrem Sohn. »Warte, lass mich das Geschenk tragen. Zu Hause darfst du es dann wieder nehmen.«

Geschickt zog Sabrina ihren Jungen dabei zur Seite. Sie nickte Berthold zu und sah kurz zu ihrem Mann. Stumm bat sie ihn, mit seinem Vater zu reden.

Schweigend standen sich Vater und Sohn gegenüber. »Ich möchte mich bei dir entschuldigen«, durchbrach Berthold die Stille. Bennet schwieg weiterhin. »Das was ich damals

zu dir gesagt habe … es geschah im Schmerz und es tut mir aufrichtig leid. Ich hoffe, du verzeihst mir, Bennet?«

»Warum jetzt?«, fragte sein Sohn.

»Warum nicht?«, entgegnete Berthold.

»Vier Jahre«, sagte Bennet schneidend.

»Sind eine lange Zeit, mein Sohn«, flüsterte Berthold und unterdrückte den brennenden Schmerz in seiner Brust. »Ich vermisse deine Mutter«, waren seine nächsten Worte.

»Ich auch«, erwiderte Bennet und ein Anflug von Trauer erfasste ihn.

»Und ich vermisse dich, Sohn«, hörte er seinen Vater sagen.

Sie maßen sich mit Blicke, keiner von beiden bewegte sich. Einzig ihre Augen tasteten den jeweils anderen ab.

Bryan hatte die beiden aufmerksam beobachtet. Er und seine Mutter standen etwas abseits. Nachdem keiner mehr ein Wort sprach und sie sich nicht bewegten, lief Bryan auf die beiden zu. Sabrina wollte ihn zunächst stoppen, doch aus einer Intuition heraus, ließ sie ihn gewähren. Neben den zweien blieb Bryan stehen

und sah von einem zum anderen. Ohne groß darüber nachzudenken, nahm er die Hand seines Vaters und die seines Opas und sagte: »Kommt, lasst uns einen Schneemann bauen!«

***

Sabrina sah den dreien hinterher, wie sie zusammen Hand in Hand nebeneinander herliefen. Das Eis war noch lange nicht geschmolzen, doch es bekam Risse und fing an zu bröckeln. In einem gebührenden Abstand folgte sie den Männern. Sie wollte die zarten Bande mit ihrer Anwesenheit nicht stören, doch plötzlich blieben alle drei stehen und sie hörte Bryan rufen. »Kommst du Mami? Wir warten auf dich!«

Ende

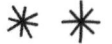

Die Weihnachtsglöckchen

urch eine Uhrenlupe, die an seinem rech-

ten Auge steckte, sah Nathan auf die kleine Batterie, die er mit einer Pinzette festhielt. Erst jetzt erkannte er deutlich die Zahlen und Buchstaben, die darauf standen. Er legte die Batterie zur Seite und zog eine Schublade auf. Dort lagen ordentlich in Schachteln einsortiert die Batterien, die er im täglichen Gebrauch benötigte. Neben dem Service des Batteriewechsels, der einen kleinen Teil seiner Arbeit betraf, lag die Hauptaufgabe in der Wartung und Reparatur von Uhren. Seine Tätigkeit als Uhrmacher war Hobby und Beruf oder besser gesagt Berufung zugleich. Schon in

der Schulzeit verbrachte er die meiste Zeit damit Dinge zu reparieren oder auseinanderzulegen, um deren Feinmechanik zu studieren. Sein früherer Mentor sagte immer: »Ein Rad greift ins andere. Wenn nicht, finde den Fehler und behebe ihn.« In der Tat benötigte man für die Reparatur und Wartung ein umfassendes Know-how. Insbesondere mit der Elektronik. Ganz zu schweigen von den vielen weiteren Technologien. Zudem benötigte man eine ruhige Hand, so wie Geduld, um die Präzisionsarbeiten an winzigen Rädchen, Spiralen und Hebelchen an den empfindlichen Elektronikbauteilen zu beherrschen.

Nathan hatte das Glück, sein eigener Herr zu sein. Er besaß einen kleinen Laden, dessen Ruf ihm weit über Heimstadt vorauseilte. Sein Fokus lag nicht nur auf dem Verkauf, sondern vor allem in der Reparatur von Uhren. Er galt unter den Sammlern als Geheimtipp. Ein moderner Uhrenladen besaß meist keine eigene Werkstatt, um aufwändigere Instandsetzungen durchzuführen. Und selbst wenn, waren diese bei Weitem nicht so ausgestattet, dass sie alte Uhrwerke reparieren konnten. Nathan hingegen schon. Pendeluhren, Kuckucksuhren, Armbanduhren, egal, um wel-

ches Uhrwerk es sich handelte, er war stets bemüht, es instandzusetzen. Nur in den seltensten Fällen kapitulierte er und brachte der Kundschaft schonend bei, dass die geliebte Uhr nicht mehr zu reparieren sei.

Sein Laden lag im Souterrain und führte fünf Stufen vom Gehweg nach unten. Die Treppe war von einem schmiedeeisernen Geländer gesäumt, an dessen Gitterstäben sich Efeu entlang rankte. Zu beiden Seiten standen Kübelpflanzen. Entsprechend der Jahreszeit waren die Kübel mit Wintergräsern, Heidekraut und Scheinbeere bepflanzt. Nathan hatte keine Ahnung von Pflanzen. Daher verließ er sich auf die beauftragte Gärtnerei, die ihm die Blumenkübel jahreszeitlich gestaltete. Über der Eingangstür prangte ein Leuchtschild in schlichten Lettern: »Bienvenue« und direkt darunter »Welcome«.

Wenn man den Laden betrat, läutete eine kleine Glocke über der Tür. Das Interieur, das einem beim Betreten ins Auge fiel, war alt oder besser gesagt *retro*. Es passte zu dem Laden und zu seinem Besitzer. Nathan trug bevorzugt Kleidung im Vintage Style. Das hieß: eine Jeans, dazu ein Hemd mit Tweed Weste und eine unverkenn-

bare Newsboy-Cap, auch Schiebermütze genannt.

»Papa, Papa!«, hörte er seine Tochter Elizabeth aufgeregt vom Verkaufsraum rufen. »Was gibt´s Lizzy?«, rief er zurück und legte sorgfältig sein Werkzeug beiseite. Müde fuhr er sich mit den Händen über das Gesicht und kratzte sich dabei unbewusst den Dreitagebart. »Papa, Oma ist am Telefon und will wissen, ob wir am Wochenende zum Essen kommen. Bitte sag ja, Opa möchte mit mir den Wildpark besuchen.« Ihre dunklen Teddybärenaugen sahen dabei flehentlich zu ihm auf. Seufzend nahm Nat das Telefon entgegen und meldete sich: »Mum?«

Die Unterhaltung verlief im Monolog, das hieß, seine Mutter Dorothea redete und Nathan hörte zu. Sein Blick ruhte dabei auf seiner Tochter, die gebannt vor ihm stand. Lizzy war für ihr Alter viel zu erwachsen. Sie war ihren Altersgenossen weit voraus. Dadurch, dass sie ohne Mutter aufwuchs und er als Vater und Alleinverdiener sie von klein an zur Selbständigkeit erzogen hatte, fehlte seiner Tochter etwas von der kindlichen Unbeschwertheit. Hinzu kam, dass Lizzy die meiste Zeit mit ihm im Laden verbrachte, anstatt

nach dem Kindergarten mit gleichaltrigen Mädchen zu spielen. Mit ihren fast sechs Jahren war sie wissbegierig. Sie sah ihm stundenlang bei der Arbeit zu und löcherte ihn mit Fragen. Geduldig wie er war, beantwortete er jede davon so kindgerecht wie möglich. Lizzy wusste weit aus mehr über Uhrwerke und Feinmechanik, als von Puppen.

»Nat? Bist du noch dran?«, hörte er seine Mutter fragen.

»Ja«, räusperte er sich verlegen.

»Du hast wie immer nicht zugehört«, stellte Dorothea mit einem tadelnden Unterton in der Stimme fest.

»Doch.«

»Ach? Dann erzähl mir kurz, worum es in unserer Unterhaltung ging.«

»Essen am Sonntag und Tierpark ... Dad möchte mit Lizzy in den Tierpark«, stammelte Nat.

»Meine Güte, Nat. In was für einer Welt lebst du nur?«

»Auf einem Planeten namens Erde«, konterte er. Dorothea seufzte am anderen Ende der Leitung.

»Ich habe Susanne und ihre Kinder eingeladen. Lizzy benötigt mehr Kontakt zu gleichaltrigen. Sie wirkt so ... erwachsen«, meinte Doro und traf damit den Nagel auf den Kopf. Doch schon die leiseste Erwähnung von Susanne, ließ seine Alarmglocken schrillen. Seine Mutter wollte ihn wieder einmal verkuppeln. Die Frau war Witwe und hatte zwei kleine Kinder, einen Jungen in Lizzys Alter und ein Mädchen von fast drei Jahren. Ihr Mann war plötzlich an einem Herzinfarkt gestorben. Das war und ist tragisch, aber Nat empfand nichts für Susanne. Sie war nett, doch das reichte ihm nicht.

Er räusperte sich und wählte seine nächsten Worte mit Bedacht. »Danke für die Einladung, Mum. Aber ...« Ein Blick auf Lizzy ließ ihn für Sekunden innehalten. Er las Enttäuschung und Angst darin. Das traf ihn mitten ins Herz. »Aber ...«, nahm er den Faden wieder auf, »ich werde nicht zum Essen bleiben. Ich bringe Lizzy nach dem Frühstück vorbei und hole sie gegen Abend wieder ab.« Seine Tochter schenkte ihm ein aufrichtiges Lächeln. »Danke, Papa«, sagte sie und bat ihn um den Telefonhörer, da sie mit ihrer Oma das Mittagessen besprechen wollte. Kopfschüttelnd sah er seiner Tochter hinterher. Sie plädierte auf ein vegetarisches Gericht. »Nein Oma, ich mag kein Fleisch. Ich will nicht, dass Tiere sterben. Ich wünsche mir Pfannkuchen.«

Die Türglocke bimmelte. Nat holte einmal tief Luft, dann lief er in den Verkaufsraum. Er begrüßte den Kunden, der seine Armbanduhr abholen wollte, dessen Batterie er vorhin gewechselt hatte. »Das macht dann fünf Euro.«

»Ich hab gehört Sie reparieren alte Uhren, die mechanisch laufen?«

»Ja.«

»Hm«, brummte der Kunde.

»Haben Sie eine? Was für ein Exemplar?«, fragte Nat und gab dem Mann sein Wechselgeld zurück.

»Keine Ahnung. Meine Frau hat da so eine alte Uhr. Ein Erbstück. Is noch von Ihrer Oma.«

»Verstehe«, nickte Nat. »Wenn Sie wollen, bringen Sie das Stück doch mal vorbei und ich werfe einen Blick darauf.«

Der Kunde nickte und verstaute seinen Geldbeutel in die hintere Hosentasche. »Ja, das werd ich machen. Das wird Erna freuen. Vielen Dank schon mal.«

»Nichts zu danken. Bis zum nächsten Mal!«

Ja, dachte Nat, so waren die Kunden. Manche hatten keine Ahnung, welche Schätze sie in der Hand hielten. Andere wiederum glaubten, etwas Wertvolles zu besitzen, dabei war es nur ein billiges Imitat.

***

»Bitte, bitte, bitte«, bettelte Fanny am anderen Ende der Leitung.

»Ich mag keine Halloweenpartys«, protestierte Nina. Sie legte frustriert den Kopf in den Nacken und schloss die Augen.

»Aber das wird lustig. Du wirst sehen. Alle sind verkleidet, ähnlich wie an Fasching. Gib dir einen Ruck, Nina. Mir zuliebe.«

»Okay, du hast gewonnen«, murmelte Nina kleinlaut und konnte selbst nicht glauben, was sie da von sich gab.

»Du bist ein Schatz, Nina«, meinte Fanny und schickte ihr einen lauten Kuss durchs Telefon.

»Ist ja schon gut, kein Grund mich gleich abzuknutschen«, lachte Nina.

»Trag es dir in den Kalender ein, nicht dass du es vergisst«, drängte Fanny. »Ich hole dich ab.«

»Musst du aber nicht, wir können uns auch dort treffen.«

»Quatsch, ich bring uns Sekt mit. Der Abend wird ordentlich gefeiert!«

»Ich gehe doch nicht betrunken auf eine Party«, empörte sich Nina.

»Du wirst nicht betrunken sein von ein, zwei Gläsern Sekt. Ein wenig beschwipst ja, aber das erhöht den Flirtfaktor. Der Alkohol im Blut hilft dir, die Hemmschwelle zu senken. Süße, du musst lernen, lockerer zu werden.«

»Ich bin locker!«

»Nina, du bist alles andere als locker, schon gar nicht, wenn ein Mann in deiner Nähe ist.«

»So ein Käse. Ich bin ein glücklicher Single.«

»Wenn du dir das lange genug einredest ... vielleicht. Aber hey, lass uns etwas Spaß haben. Und  denk nicht immer über alles nach. Wir sehen uns morgen. Und vergiss nicht den Termin einzutragen. Samstag, neunzehn Uhr.« Ehe Nina etwas erwidern konnte, hatte ihre Freundin aufgelegt. Frustriert legte sie das Telefon zur Seite und ließ sich erschöpft auf das Sofa plumpsen. Was hatte

sie sich da nur wieder eingebrockt? Herr Nilsson kam zu ihr gesprungen und kuschelte sich auf ihren Schoß. Unbewusst streichelte Nina den Kater, während sie überlegte. »Was zieht man den auf einer Halloweenparty an?«, sprach sie ihren Gedanken laut aus. »Was meinst du?«, fragte sie den Kater und hielt dabei den Kopf der Katze zwischen ihren Händen fest und sah ihm tief in die Augen. Herr Nilsson kümmerte ihre Frage nicht. Er schnurrte und blinzelte. Dabei ließ er seinen Schwanz hin und her wedeln. Nina kraulte ihn hinter den Ohren und überlegte weiter. »Vielleicht sollte ich als schwarze Katze gehen«, meinte sie. Ein Blick auf ihren Kater und sie verwarf den Gedanken. Dieser gähnte herzhaft, als wäre ihr Vorschlag zum Einschlafen. »Ich werde Lena anrufen. Du bist mir keine große Hilfe, Herr Nilsson.«

Eine Stunde später war das Telefonat mit ihrer Schwester beendet und Nina war kein Stück weiter gekommen. Lena hatte ihr vorgeschlagen sich als sexy Hexe oder Vampirin zu verkleiden, doch alleine die Vorstellung fand Nina gruselig. Kurzentschlossen schnappte sie sich ihren Laptop und wühlte sich durch das World Wide Web.

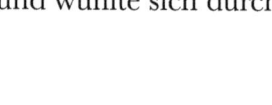

Nina kam sich mehr als lächerlich in ihrem
Kostüm vor. Hätte sie besser auf ihre Schwester
gehört, würde sie jetzt nicht aus der Masse
hervorstechen. Fanny war, mit ihrem sexy Hexen-
outfit, perfekt verkleidet. Sie hingegen würde am
liebsten im Erdboden versinken. Ein Kürbiskostüm – etwas Dämlicheres hätte ihr nicht ein-
fallen können. Sie hatte das Kostüm im Internet
erstanden und hielt es zu dem Zeitpunkt für einen
guten Kompromiss. Doch wenn sie sich hier so
umsah, wurde ihr klar, dass sie eine komplett fal-
sche Interpretation über Halloween besaß. Hier
tummelten sich lauter schreckliche Gestalten:
Zombies, Hexen, Skelette, angsteinflößende
Clowns, Vampire und sonstige Monster. Sie war
der einzige Kürbis und stach mit ihrem orange
gepolsterten Korpus unfreiwillig hervor. Sie hatte
sich schon mehr als einen blöden Spruch an
diesen Abend angehört. Frustriert darüber, zog sie
sich in eine stille Ecke zurück und beobachtet die
gruseligen Gestalten.

»Hey Nat, coole Performance!«, meinte Paul und
deutete auf dessen T-Shirt. Paul war einer seiner

Kumpels aus dem Fitnessstudio. Die Clique hatte sich zur Halloweenparty verabredet, wobei Nat gerne darauf verzichtet hätte. Doch die Jungs ließen nicht locker, also hatte er sich kurzfristig ein schwarzes T-Shirt mit der Aufschrift *Mein Halloween Kostüm befindet sich in der Wäsche!*, besorgt, was jetzt für allgemeines Gelächter sorgte.

Bis auf zwei von seinen Freunden waren alle Single, dementsprechend fielen die Kommentare über die weiblichen Gäste aus. Nat hielt sich weitestgehend zurück. Es war nicht sein Stil, eine Frau durch ihr Äußeres zu definieren. Sein Interesse galt den sogenannten inneren Werten und einer guten Konversation. Den Jungs war das egal. Sie wollten feiern und Frauen abschleppen. Im Laufe des Abends zerstreute sich die Clique. Nat liebäugelte damit, sich still und leise aus dem Staub zu machen, doch da entdeckte er die Kürbisfrau und sein Interesse war geweckt. Sie stand etwas abseits und sah gelangweilt in die Runde. Mit ihrem Kürbiskostüm stach sie aus der Masse heraus. Warum sie ihm erst jetzt auffiel, wusste er nicht. Wie von einem unsichtbaren Magneten angezogen, schob er sich durch die

124

Menge und stellte sich neben die Unbekannte. Sie warf ihm einen irritierten Blick zu, sagte aber nichts. Nat grinste, hob sein Bier und prostete ihr damit zu.

Im Geiste rollte Nina mit den Augen. Wieder so ein Kerl, der versuchte einen blöden Spruch loszuwerden. Verstohlen sah sie auf ihre Uhr. Bis dreiundzwanzig Uhr gab sie ihrer Freundin Zeit, danach würde sie mit oder ohne Fanny verschwinden. Diese amüsierte sich schon den ganzen Abend köstlich, also konnte sie getrost nach Hause gehen.

»Langweilig?«, fragte der Typ neben ihr.

»Nein, im Gegenteil, ich fühle mich bestens unterhalten. Wo sonst bekommt man so viel Kino für so wenig Geld?«, konterte Nina.

»Von der Seite habe ich das Ganze noch gar nicht betrachtet. Gute Idee. Aber irgendwann gruselt einem das Kopfkino doch. Ich meine, bei der Menge, die geboten wird.«

Von seiner Antwort neugierig geworden, drehte Nina sich zu dem Mann. Er war nicht verkleidet, stellte sie überrascht fest. Sie hatte ihm keinen nennenswerten Blick geschenkt, als er sich neben sie gestellt hatte. Selbst als er grinsend seine Bier-

flasche hob und ihr zuprostete, hatte sie ihn nicht wahrgenommen. Doch jetzt musterte sie ihn eindringlich. Er sah gut aus. Seine grünen Augen beobachteten sie ebenso aufmerksam, wie sie ihn. Er überragte sie, sodass sie trotz ihrer Absätze den Kopf heben musste, um ihm ins Gesicht zu sehen. Er schmunzelte und meinte: »Ausgefallenes Kostüm.«

»Zum Glück hatte ich es rechtzeitig in der Reinigung, sonst würde ich auch so ein T-Shirt tragen«, entgegnete Nina, ohne eine Miene zu verziehen. Nats Grinsen wurde breiter. Die Frau besaß Humor, ganz nach seinem Geschmack.

Nina überraschte es, wie schlagfertig sie ihm geantwortet hatte. Normalerweise überlegte sie zu lange, um gezielt zu kontern, doch jetzt saß ihre Zunge locker. Fanny hatte Recht, der Alkohol senkte die Hemmschwelle. In dem Fall war es sogar nützlich, denn der Kerl neben ihr sah verdammt gut aus. Nina fand ihn zunehmend sympathisch.

»Hier steckst du? Und ich such dich überall«, hörte sie plötzlich Fanny neben sich sagen.

»Na, wen haben wir denn da?«, fragte sie im selben Atemzug und ihr Flirtmechanismus lief auf

Autopilot. Ansonsten hätte sie bemerkt, dass sie ihrer Freundin dazwischenfunkte. Nina ließ sie gewähren. Sie war nicht der Typ, der um die Gunst eines Mannes buhlte. Im Gegenteil, sie trat einen Schritt zur Seite, um Fanny den Vortritt zu lassen.

Nat nervte die Anmache der schwarzhaarigen Hexe und zugleich irritierte ihn der offensichtliche Rückzug der unbekannten Kürbisfrau. Hatte er sich ihr Interesse eingebildet? War ihr anfängliches Geplänkel nur heiße Luft gewesen? Der Abstand zwischen ihnen wurde größer und die schwarze Hexe hing an ihm wie eine Klette. Immer wieder sah er zu der Kürbisfrau. Er kannte nicht einmal ihren Namen. Sie hatten sich überhaupt nicht vorgestellt?

»Wollen wir tanzen?«, gurrte Fanny. »Ich liebe diesen Song.« Sie griff nach Nats Hand und zog ihn mit auf die Tanzfläche. Selbstverständlich schlang sie die Arme um seinen Hals und rieb ihre Hüften verführerisch an seinen Körper. Nat schob sie demonstrativ ein Stück zurück und suchte gleichzeitig den Blickkontakt zur Kürbisfrau.

Frustriert über die Wendung, stellte Nina ihr leeres Glas beiseite. Mit einem letzten sehnsüchtigen Blick auf den Fremden drehte sie sich um und verließ die Party.

Nach einer weiteren Drehung sah Nat die Kürbisfrau davonlaufen. Sie steuerte auf den Ausgang zu. »Bitte entschuldige mich«, sagte er zur schwarzen Hexe und ließ sie mitten auf der Tanzfläche stehen. Eilig schob er sich durch die Menge, um der Kürbisfrau zu folgen. Am Ausgang angekommen, hielt er verzweifelt Ausschau nach einem orangenen Kürbis. Doch es war zu spät, die Frau war verschwunden. Enttäuscht lief er wieder hinein. Die schwarze Hexe war ebenfalls nicht mehr zu sehen.

***

Unentschlossen stand Nina vor dem Kleiderschrank. Auf was hatte sie sich da wieder eingelassen? Fanny hatte sie dazu überredet, als Kindermädchen einzuspringen, damit ihre Freundin mit dem Vater ausgehen konnte. *Wieder eine ihrer oberflächlichen Bekanntschaften*, dachte Nina

seufzend. Sie meinte, sie hätte den Typen auf der Halloweenparty kennengelernt.

Der Kerl hatte Fanny kurzfristig abgesagt, da er kein Kindermädchen bekam. Ihre Freundin, so spontan wie sie war, meinte, sie hätte da jemanden, der einspringen würde. Fanny hatte gebettelt und Nina konnte – wie immer – nicht nein sagen. Sie zog eine bequeme Jeans und ein Kapuzen-Sweatshirt mit Kängurutasche aus dem Schrank heraus. Ja, sie sollte sich definitiv legere Kleidung anziehen. Wer weiß, was einer Sechsjährigen alles beim Spielen einfiel.

Ihr braunes Haar hatte Nina zu einem lockeren Dutt zusammengesteckt, aus dem einzelne Strähnen heraushingen. Zufrieden warf sie einen letzten Blick in den Spiegel. Rasch packte Nina ihre Habseligkeiten in einen Rucksack und steckte *Das große Michael-Ende-Vorlesebuch* mit dazu. Daraus würde sie dem Mädchen etwas vorlesen. Das Buch enthielt ausgewählte Erzählungen, Märchen und Gedichte, die zum Lachen, Nachdenken und Träumen anregten. Nina hoffte, die Kleine damit zu unterhalten oder sie in den Schlaf lesen zu können. Zudem hatte sie sich eine Anleitung aus

dem Internet ausgedruckt, wie man Papiersterne bastelte. Es würde ein kreativer Abend werden, wenn das Mädchen mitspielte. Sie ließ ihren Blick durch die Wohnung schweifen und sah nach Herrn Nilsson, der friedlich in seinem Körbchen schlief. Widerstrebend verließ sie ihr Domizil. Sie war um sechs Uhr mit Fanny verabredet. Zusammen würden sie zu ihrem Date fahren.

Fanny schmunzelte unentwegt. Sie war auf den Gesichtsausdruck ihrer Freundin gespannt, wenn sie ihr Nat und dessen Tochter Lizzy vorstellte. Nat war der heiße Typ von der Halloweenparty, mit dem Nina bewusst oder unbewusst geflirtet hatte. Sie hatte sich absichtlich dazwischen gedrängt, um zu sehen, wie ihre Freundin reagierte. Dass sie gleich davonlaufen würde, damit hatte sie nicht gerechnet. Auf jeden Fall hatte sie keine Mühe gescheut, herauszufinden wer der Mann war, mit dem Nina geflirtet hatte. Noch am selben Abend hatte sie einen Namen, eine Adresse und einen Plan.

Nat wanderte im Wohnzimmer auf und ab, während Lizzy eine Zeichentrickserie ansah und Paul,

sein Freund aus der Fitnessstudioclique, meinte: »Nun bleib mal locker, Nat. Fanny wird dir keine Szene machen. Glaub mir, ich weiß, wie sie tickt.«

»Du bist dir aber verdammt sicher, was sie anbelangt.«

»Im Gegensatz zu dir stehe ich seit geraumer Zeit mit ihr in Kontakt. Schon vergessen, ich habe die Verbindung zwischen euch hergestellt.« Abrupt stoppte Nat vor ihm und flüsterte: »Ein Grund mehr, dass DU mit ihr ausgehst.«

»Sie ist dein Date, Nat« Kopfschütteln starrte er seinen Freund an.

»Und was, wenn das Kindermädchen ...« Nat verstummte. Er ging nicht auf die Worte seines Freundes ein. Er war hoffnungslos überfordert. Paul stand auf und zog Nat mit in die angrenzende Küche. »Hör mal, Nat. Die Situation eskaliert nicht, nur weil du Fanny eine Abfuhr erteilst. Wobei du meiner Meinung nach ein Idiot bist, weil du das Date absagst. Fanny ist heiß, mehr als heiß.«

»Ich bin kein Idiot, nur weil ich ein Date mit einer heißen Frau absage. Ich bin vernünftig, denn ich trage Verantwortung. Zudem weiß ich nicht, ob das Kindermädchen ausflippt, weil sie

umsonst hierher bestellt wurde«, zischte Nat aufgebracht.

»Ein Kindermädchen ist eine ausgeglichene Person, wenn nicht hätte sie ihren Job verfehlt«, meinte Paul kopfschüttelnd.

»Lizzy könnte ein Trauma davontragen und ...«

»Nichts und«, unterbrach ihn Paul energisch und im Flüsterton. »Das Kindermädchen wird für den Aufwand hierherzukommen bezahlt. Und wer weiß, wenn sie dir sympathisch ist, kannst du sie gleich für nächsten Samstag engagieren.«

»Nächstes Wochenende ist Lizzy bei meinen Eltern«, brummte Nat und zuckte zusammen, als die Türklingel ertönte. »It´s Showtime!«, meinte Paul und klopfte ihm aufmunternd auf die Schulter.

Fanny zupfte nervös an ihrem Mantel herum. Sie langte erneut nach der Klingel, um sie zu betätigen, als die Tür geöffnet wurde und Nat vor ihr stand. *Wow*, dachte sie. *Der Kerl sieht wirklich zum Anbeißen aus.*

Nina sah sich in dem Treppenhaus um, in dem es nach Bohnerwachs und vergangener Zeit roch.

Sie liebte diese alten Gebäude, die etwas Lebendiges ausstrahlten. Wenn man die Augen schloss und sich konzentrierte, fühlte man die Vergangenheit.

»Alte Häuser haben eine Geschichte und sie erzählen sie dir. Du musst nur genau hinhören, Ninchen«, hatte ihre Oma immer gesagt. Ein nervöses Räuspern ließ Nina abrupt die Augen öffnen. Sie drehte sich um und ihr entglitten sämtliche Gesichtszüge.

Nat war nicht in der Lage zu sprechen, er starrte die Kürbisfrau an. In Gedanken nannte er sie so,  da er nach wie vor nicht wusste, wie ihr Name lautete. Fanny setzte dem Schweigen ein Ende, indem sie zu Nat sagte: »Das ist Nina. Nina das ist Nat. Dürfen wir reinkommen?«

»Natürlich, bitte entschuldigt«, entgegnete Nat, trat rasch einen Schritt zur Seite und deutete den beiden Frauen mit einer Handbewegung an, einzutreten. »Hübsch«, sagte Fanny und sah sich im Flur um, dessen Wände mit Uhren dekoriert waren. Nina tat es ihrer Freundin gleich, nur sah sie sich interessierter um, was Nat nicht entging. »Tja, willst du Nina nicht deiner Tochter vorstel-

len, damit wir loskönnen?«, fragte Fanny und sah auf ihre Armbanduhr. Insgeheim hoffte sie, dass ihr Plan aufging. »Tut mir leid. Das Ganze ist ein Missverständnis«, platzte Nat heraus und aus den Augenwinkeln beobachtete er Nina. »Missverständnis?«, echote Fanny.

»Ja, als du angerufen hattest, hatte ich gleichzeitig mit dir und mit Lizzy gesprochen. Das ›ja‹ galt meiner Tochter. Du hattest so schnell aufgelegt, dass ...« Entschuldigend zuckte er mit der Schulter. Fanny sagte nichts. »Sie hätten sie ja zurückrufen können«, meinte Nina diplomatisch und war auf seine Antwort gespannt. »Ob Sie es mir glauben oder nicht, das habe ich, nur ist ihre Freundin nicht ans Telefon gegangen. Auch an den folgenden Tagen nicht.«

Sowohl Nina als auch Nat sahen sie fragend an.

»Mein Telefon ... das Telefon war kaputt«, stammelte sie. Bei dieser fadenscheinigen Ausrede schossen Ninas Augenbrauen in die Höhe. Sie sah ihre Freundin mit einem: *Ich weiß, dass du lügst!*, Blick an.

»Offensichtlich stecken wir in einer Pattsituation«, meinte Nat diplomatisch. »Daher habe ich

mir erlaubt, meinen Freund Paul einzuladen. Er würde gerne mit dir ausgehen, Fanny.«

»Paul?«, fragte sie und hoffte, dass sie überrascht klang.

»Sozusagen dein Ersatz-Date«, entgegnete Nat, ohne mit der Wimper zu zucken. Das war das Stichwort für seinen Freund. Er trat aus der Küche heraus und sah lächelnd in die Runde. »Hallo Fanny, so schnell sieht man sich wieder.« Dabei zwinkerte er ihr zu. Und an Nina gewandt  sagte er: »Hi, ich bin Paul und wenn du und Fanny Lust habt, können wir gerne zu dritt ausgehen.« Für den Moment herrschte betretenes Schweigen. Die Sekunden verstrichen und niemand sagte ein Wort. »Warum bleibt ihr nicht alle hier und wir machen einen Spieleabend?«, mischte sich Lizzy in die Runde der Erwachsenen ein. Sie trug einen rosa Schlafanzug, mit einer Prinzessin darauf. Dies war komischerweise ihr Lieblingsschlafanzug, obwohl sie sonst so vernünftig wirkte. Mit ihren großen dunkelbraunen Augen sah sie erwartungsvoll in die Runde. »Lizzy, Schatz, das geht nicht«, meinte Nat und hob sie auf den Arm. Instinktiv schlang sie ihre kleinen Beine um seinen Rumpf und legte einen Arm

um ihn. »Warum nicht?«, fragte sie. Hilfesuchend sah sich Nat bei den anderen um. Das brachte wieder leben in Fanny. »Hey, du bist ja eine Hübsche«, sagte sie. »Weißt du, Erwachsene spielen nicht mehr so gerne, sondern bevorzugen es, in eine Bar zu gehen. Dort reden sie und trinken ein Glas Wein dazu.«

»Das könnt ihr hier doch auch, stimmts Papa?«

»Ja klar, warum nicht?«, meinte Nat achselzuckend.

»Na ja, da ich schon mal da bin und einen Rucksack mit Bastelanleitung und einem Buch gepackt habe ...« Fragend sah sich Nina um. Fanny starrte sie erstaunt an. Schließlich nickte sie und strahlte über das ganze Gesicht. »Ja, gar keine schlechte Idee. Du bleibst hier und ihr drei verbringt einen netten Spieleabend. Und wir«, dabei deutet sie auf Nats Freund und sich, »gehen uns ein Weilchen amüsieren.«

»Prima Idee«, grinste Paul. Fanny sah ihn wissentlich an. Ihr Plan schien aufzugehen. Zudem gefiel ihr, was sie sah. »Ja«, sagte sie und nickte dazu. »Ich hoffe, ihr seid mir nicht böse, aber das Angebot ist zu verlockend«, meinte sie zu Lizzy und Nat.

»Wir können ja ein andermal zusammen spielen«, entgegnete Lizzy höflich.

Nachdem die beiden gegangen waren, trat ein betretenes Schweigen ein. So hatte Nina sich das nicht vorgestellt. Jetzt standen Nat und sie peinlich berührt im Hausflur und Lizzy musterte sie nachdenklich. »Wie heißt du?«, fragte die Kleine. »Nina«, entgegnete sie lächelnd. »Ein schöner Name. Komm, Nina, zeig mir, was du mitgebracht hast.« Lizzy ließ sich von ihrem Vater auf den Boden stellen. Abwartend streckte sie ihr die kleine Hand entgegen. Nina sah zu Nat, der nickte kaum merklich. Lächelnd ließ sie sich von Lizzy in das Wohnzimmer führen. Sie musste zugeben, dieser Nat hatte Geschmack. Das Zimmer strahlte Gemütlichkeit und Wärme aus. *Ein heimeliger Ort*, schoss es Nina durch den Kopf. Genagelte Holzdielen, ein dunkelbraunes Ledersofa mit Sessel, sowie einen Ohrensessel aus Stoff. Hinter dem Sofa stand ein dunkles Regal  vollgestopft mit Büchern. Ein Holzofen sorgte für wohlige Wärme. Die Natursteinmauer dahinter, verlieh dem Raum einen rustikalen Schliff. »Wenn Sie basteln wollen, sollten Sie mit Lizzy in

der Küche Platz nehmen. Der Wohnzimmertisch ist mehr Zierde, als dass er von Nutzen ist.«

»Papa hat recht«, stimmte Lizzy ihm zu. In der Küche lässt es sich besser basteln und malen. »Okay«, nickte Nina und folgte der Kleinen. Sie war überwältigt von der Landhausküche. Auch hier zeigte sich die Liebe zum Detail. Zwar war die Küche nicht so romantisch eingerichtet, wie man es aus den Zeitschriften her kannte, dafür praktisch und zweckmäßig. Lizzy setzte sich an den Tisch und wartete gespannt, was Nina dabei  hatte. Die zog zunächst ihre Jacke und den Schal aus und hängte beides über einen Stuhl. Ihre Schuhe hatte sie im Flur ausgezogen. Sie trug im Winter gerne selbstgestrickte Wollsocken, so wie jetzt und zog damit Nats Blick auf ihre Füße. Sie glaubte, dass ein Schmunzeln um seine Mund-winkel zuckte. »Papa setzt du dich mit her?«

»Nein, Lizzy, ich gehe nochmal runter in die Werkstatt. Bis Montag muss die Uhr für den Schweizer Kunden fertig sein.« Ein enttäuschter Seufzer war alles, was er von seiner Tochter zu hören bekam. Es tat weh, sie enttäuschen zu müssen. Jedes andere Kind hätte gebettelt, doch Lizzy verstand die Dringlichkeit, die hinter dem

Auftrag steckte. »Wir holen das am Montagabend nach, versprochen«, sagte er.

»Okay«, nickte sie und schickte ihm ein: »Hab dich lieb, Papa«, hinterher.

»Dito«, lächelte Nat. Nina kam sich wie ein intimer Eindringling vor. Die beiden waren ein eingespieltes Team, das sah man. »Wenn irgendetwas sein sollte, Lizzy weiß, wo Sie mich finden können.«

»Okay«, meinte Nina und war mindestens genauso enttäuscht wie Nats Tochter. Nur ließ sie sich nichts anmerken. Sie hatte gehofft, Nat ein wenig näher kennenzulernen. Denn sie fand ihn nach wie vor nett.

Zwei Stunden später hatten Nina und Lizzy, fünf Weihnachtssterne gebastelt und Weihnachtsbilder ausgemalt. Inzwischen war es kurz nach acht. »Wie wäre es, wenn du dich bettfertig machst? Dann kuschelst du dich in dein Bett und wir überlegen uns, wo du die Bilder und die Sterne aufhängst.«

»Okay, bin gleich wieder da!«, rief Lizzy und stürmte aus der Küche in den Flur, um ins Bad zu gelangen. Nina packte die Malsachen zusammen

und steckte die Bastelanleitung zurück in ihren Rucksack. Bis sie die Küche aufgeräumt hatte, stand Lizzy schon wieder im Türrahmen. »Kommst du? Ich zeige dir jetzt mein Zimmer.«

Die gebastelten Sterne und die gemalten Bilder hatten schnell ihren Platz gefunden. Ein Stern hing direkt über Lizzy in ihrem Himmelbett. Nina setzte sich auf die Bettkante und hielt das Vorlesebuch an ihre Brust gedrückt. »Hast du schon einen Wunschzettel für das Christkind geschrieben?«, fragte Nina aus einer Eingebung heraus. »Es gibt doch gar kein Christkind«, entgegnete Lizzy mit todernster Miene. »Warum glauben alle Erwachsenen, wir Kinder wüssten nicht, dass unsere Geschenke von ihnen kommen und nicht vom Christkind.«

»Hm, ich glaube, da bist du falsch informiert«, gab Nina zu bedenken. »Ich erzähle dir jetzt eine Geschichte, die mir meine Oma immer erzählt hat. Und diese Geschichte hat sich, so wahr ich hier sitze, auch zugetragen.« Gebannt hing Lizzy an Ninas Lippen. Sie sog jedes Wort in sich auf, der Blick dabei wachsam und voller Hoffnung. »Die Glöckchen liegen sicher in einer Schachtel

bei mir zu Hause«, beendete Nina die Geschichte.

»Darf ich sie mal sehen?«, fragte Lizzy.

»Wenn du möchtest, gerne. Aber sei in ihrer Gegenwart vorsichtig mit deinen Wünschen. Sie erfüllen jeden Wunsch.«

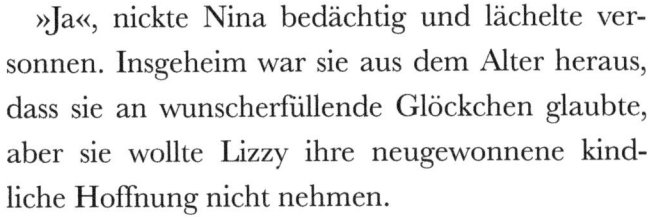

»Hast du dir was gewünscht, was in Erfüllung gegangen ist?«

»Ja«, nickte Nina bedächtig und lächelte versonnen. Insgeheim war sie aus dem Alter heraus, dass sie an wunscherfüllende Glöckchen glaubte, aber sie wollte Lizzy ihre neugewonnene kindliche Hoffnung nicht nehmen.

Nat stand die ganze Zeit im Flur an der Wand gelehnt und lauschte Ninas Geschichte. Sie schaffte es, dass Lizzy sich in ihrer Gegenwart wie ein Kind verhielt und dafür war er ihr unendlich dankbar. Er gab sich einen Ruck und klopfte leise an den Türrahmen. Lizzy und Nina drehten ihm gleichzeitig ihr Gesicht zu. Der Anblick der beiden versetzte ihm einen jähen Stich in sein Herz. Sehnsucht und Schmerz nahmen ihm für den Moment die Luft zum Atmen. »Papi!«, freute sich Lizzy und streckte die Arme nach ihm aus. »Was sehe ich denn da. Du schläfst noch nicht?« Mit zwei großen Schritten war Nat bei seiner

Tochter. Er beugte sich über sie und ließ sich von ihr drücken. Nat gab Lizzy einen Gutenachtkuss und meinte: »Aber jetzt wird geschlafen.«

Nina saß nach wie vor auf der Bettkante. Sie hatte sich nicht vom Fleck gerührt. Nat stand so dicht bei ihr, dass sich ihre Körper an den Beinen berührten. Für Sekunden trafen sich ihre Blicke. Eine tiefe Sehnsucht lag in seinen Augen. Nina räusperte sich nervös: »Schlaf gut, Lizzy.« Gleichzeitig rückte sie ein Stück von Nat ab, um aufzustehen. Natan richtet sich ebenfalls auf: »Ich bringe Sie zur Tür. Ach und, Nina?«

»Ja?«

»Danke.«

»Für was?«, fragte sie.

»Für alles.« Forschend sah er sie an. Die Ruhe, die er ausstrahlte, legte sich wie ein schützender Kokon über Nina. Ihre anfängliche Nervosität war verschwunden. Sie wusste nichts zu erwidern und nickte ihm zu. »Gute Nacht, Nina!«, rief Lizzy ihr hinterher. »Besuch uns bald mal wieder.«

Nina drehte sich ein letztes Mal zu Lizzy um und zwinkerte ihr verschwörerisch zu.

***

Ein kalter Wind blies Nina ins Gesicht.

Fröstelnd zog sie ihren Schal höher, sodass nur ihre Nase und die Augen zu sehen waren. Es roch nach Schnee. Laut Meteorologen sollte es heute schneien, aber wer wusste das schon. Die Medien spekulierten seit Wochen darüber, wann der erste Schnee fallen würde.

Trotz der Kälte fand Nina, dass es ein passender Tag war, um über den Weihnachtsmarkt zu schlendern. Es war Mitte Dezember und die Aussicht auf etwas Weihnachtsstimmung luden sie dazu ein. Doch zunächst erledigte Nina ein paar Besorgungen in den umliegenden Geschäften. Irgendwann meldete sich ihr knurrender Magen. *Kein Wunder*, dachte sie. Es war schon nach dreizehn Uhr. Sie überlegte auf dem Markt eine Kleinigkeit zu essen, entschied sich stattdessen für ein kleines Restaurant direkt am Marktplatz. Wenn sie über den Weihnachtsmarkt bummeln wollte, war es nicht falsch sich vorher ein wenig aufzuwärmen. Und was wärmte besser als eine heiße Suppe und eine Tasse Tee? Nachdem sie die Bestellung aufgegeben hatte, zog Nina ihren

Mantel und den Schal aus und hängte beides über die Stuhllehne. Gleich darauf wurde ihr der Tee serviert. Versonnen rührte sie darin, der Geruch von Pfefferminze belebte ihren müden Geist. Automatisch wärmte sie ihre Hände an der Tasse. Sie hatte keine Ahnung warum, doch plötzlich kamen ihr Lizzy und Nat in den Sinn. Sie erinnerte sich an den Abend, an dem sie als Kindermädchens eingesprungen war. Es hatte Spaß gemacht. Lizzy war ein aufgewecktes und wissbegieriges Kind. Sicherlich hatte Nat ihr viel von seinem Wissen beigebracht. Sie schmunzelte bei dem Gedanken, wie die beiden ihren Alltag bewältigten. Ihr Kopfkino lief dabei auf Hochtouren. Ein kleines Mädchen, wie Lizzy, brachte einen Mann mit Sicherheit hin und wieder in Verlegenheit. Ein Klopfen an der Fensterscheibe des Restaurants riss Nina aus ihren Gedanken.

Ertappt starrte sie auf Nat und Lizzy, die ihr lächelnd zuwinkten. Das konnte nur ein Wink des Schicksals sein. Nat gab ihr fragend ein Handzeichen, ob er mit seiner Tochter hereinkommen sollte. Irritiert sah sie sich nach allen Seiten um und nickte Nat zu. Sie dachte im ersten Moment, ihr Verstand hätte ihr einen Streich gespielt.

144

Hatten ihre Gedanken die beiden heraufbeschwo-ren? »Sonderbar«, murmelte Nina.

»Stören wir auch nicht?«, fragte Nat, bevor er sich seiner Jacke entledigte und sich zu ihr an den Tisch setzte. »Nein, setzt euch doch.«

Lizzy wartete erst gar nicht ab, sie saß bereits und plapperte drauf los: »Hallo Nina, warst du schon auf dem Weihnachtsmarkt? Wir sind auf dem Weg dorthin. Kommst du mit?« Mit ihren dunklen Knopfaugen sah sie Nina abwartend an.  »Nein und ja«, entgegnete die und beobachtete Lizzy, wie sie angestrengt nachdachte. Als der Groschen bei ihr fiel, grinste sie über das ganze Gesicht. »Wir werden eine Menge Spaß haben, nicht wahr Papa?«

»Ja«, antwortete Nat und sah Nina dabei unverwandt an. Insgeheim hatte er gehofft, sie wieder zu sehen.

Das Essen verlief harmonisch. Lizzy und Nina hatten sich einiges zu erzählen. Nat war mehr der stille Zuhörer, doch er freute sich, dass seine Tochter und Nina Spaß hatten.

Wie immer, wenn er in Ninas Nähe war, über-kam ihn ein Gefühl der Sehnsucht. Er sehnte sich nach Zweisamkeit. In der Vergangenheit hatte er

dies stets verdrängt. Doch seit er Nina kennengelernt hatte, verging kein Tag, an dem er nicht
darüber nachdachte, wie es wäre, sie an seiner
Seite zu haben. Mit ihr den Alltag zu erleben.

»Papa?«, fragte Lizzy und winkte mit ihrer kleinen Hand vor seinem Gesicht herum. »Gehen wir
jetzt auf den Weihnachtsmarkt?«

Nat schüttelte gedanklich den Kopf. Er war so
mit seinen Gefühlen beschäftigt, dass er alles um
sich herum ausgeblendet hatte. Er lächelte Lizzy
entwaffnend an. »Wenn ihr bereit seid, gerne«,
sagte er und sein Blick begegnete dem von Nina.
Ihre Wangen waren von einer zarten Röte überzogen und ihre dunklen Augen strahlten ihn
liebevoll an. Ihr Antlitz traf ihn mitten ins Herz.

Der Nachmittag verging wie im Flug. Lizzy hatte
recht, sie hatten einen riesen Spaß zusammen.
Nats Tochter bestand darauf, dass sie alle mit
dem Kinderkettenkarussell fuhren. Lizzy saß in
einem Sitz vor den beiden Erwachsenen. Während der Fahrt rief sie: »Ihr müsst euch an den
Händen halten!« Nat und Nina sahen sich verlegen an, bis Nat nach Ninas Hand griff, die eisig
kalt war. Er beugte sich ein stückweit in ihre Rich-

tung. Langsam hob er die ineinander verschlungen Hände an seine Lippen und hauchte ihr seinen warmen Atem darüber.

Ein kaum merklicher Schauer durchlief Nina. Ertappt sah sie zu Nat und wollte instinktiv ihre Hand zurückziehen, doch er hielt sie bittend fest. Der Bann wurde gebrochen, als das Kettenkarussell zum Stillstand kam. Nat half Nina beim Aussteigen, dabei ließ er ihre Hand nicht los. Selbst als Lizzy auf ihn zustürmte und er sie mit einem Arm auffing, hielt er Ninas Hand fest. Seine Tochter bemerkte dies und schenkte den beiden ein zufriedenes Lächeln. Am Abend, nachdem ihr Vater ihr eine gute Nacht gewünscht und das Licht in ihrem Zimmer ausgeschaltet hatte, starrte sie in die Dunkelheit und wünschte sich, eine Frau wie Nina wäre ihre Mutter.

Zwei Tage später war Nat mit Lizzy auf dem Weg zu Nina. Seine Tochter hatte ihn solange genervt, bis er Nina endlich angerufen hatte und sich für heute Nachmittag mit ihr auf dem Weihnachtsmarkt verabredet hatte. Lizzy hüpfte summend an der Hand ihres Vaters nebenher. Ihr war die Freude anzusehen. Nat grüßte im Vorbeigehen

ein paar bekannte Gesichter und wurde zu Lizzys Verdruss in ein Gespräch verwickelt. Seufzend löste sie sich von der Hand ihres Vaters und schlenderte auf dem Gehweg hin und her. Vor ihrem Gesicht tauchten die ersten Schneeflocken auf und sie legte den Kopf in den Nacken, um in den Himmel zu sehen. Wie Federn im Wind schwebten einzelne Flocken herab, so als tanzten sie zu einer unbekannten Melodie. Lizzy schloss ihre Augen und der Schnee fiel ihr sanft ins Gesicht und hinterließ nasse Spuren. Plötzlich vernahm sie ein kaum hörbares Klingeln eines Glöckchens. Blinzelnd öffneten sich ihre Lieder und sie starrte angestrengt in den Himmel. Kurz sah sie etwas aufblitzen und dachte schon, sie hätte sich das alles nur eingebildet. Doch da war er wieder, der Klang eines klingenden Glöckchens und ein dumpfer Aufprall. Spontan trat Lizzy vom Gehweg auf die Rasenfläche vor einem

Wohnhaus. Sie suchte nicht lange. Nach ein paar Schritten lag es vor ihren Füßen, ein kleines Glöckchen mit einem roten Schleifchen drum. Lizzy ging in die Hocke und nahm den Fund ehrfürchtig in die Hände. Wieder sah sie in den Himmel und glaubte, wider aller Vernunft, dass

ein Engel es verloren hätte. »Lizzy, komm, lass uns weitergehen!«, rief ihr Vater. Ertappt ließ sie das Glöckchen in ihrer Manteltasche verschwinden und lief zu ihrem Vater.

Ein weiterer Nachmittag neigte sich dem Ende zu. Diesmal waren sie Schlittschuh laufen. Nat und Nina hielten Lizzy in ihrer Mitte an der Hand und zogen ihre Bahnen. Im Anschluss tranken sie heißen Kakao und aßen ein paar Lebkuchen dazu. Die Zeit verging zu schnell und schon bald hieß es wieder Abschied voneinander nehmen. Nat und Lizzy begleiteten Nina nach Hause. Auf dem Weg dorthin, erzählte sie ihnen von dem Verlust ihres Weihnachtsglöckchens, welches ihr Kater beim Spielen aus dem Fenster gekickt hatte, nachdem sie es zum Lüften geöffnet hatte. Lizzy langte in ihre Manteltasche und ihre kleinen Finger umschlossen das Glöckchen, das sie genau vor dem Haus gefunden hatte, in dem Nina wohnte. Ihr Herz klopfte dabei so wild, dass sie Angst hatte, jemand könnte es hören. Ihr kindlicher Verstand zählte eins und eins zusammen. Ihren Fundus hatte kein Engel verloren, sondern Nina. Doch etwas in ihr hielt sie davon ab, den

beiden Erwachsenen zu sagen, dass sie es womöglich gefunden hatte. Ihr fiel wieder die Geschichte ein, die Nina ihr bei ihrer ersten Begegnung erzählt hatte. Die Glöckchen mit den Initialen von Ninas Großeltern hatte beide zusammengebracht. Eine fixe kindliche Idee nahm Gestalt an. Erneut suchten ihre Finger den Kontakt zu dem Glöckchen. Liebevoll strich sie darüber und sandte einen Wunsch gen Himmel.

»Hier wohnst du also?«, meinte Nat und sah sich das Mehrfamilienhaus an, vor dem sie standen. »Wenn wir das vorher gewusst hätten, hätten wir dich auf dem Weg zum Weihnachtsmarkt abgeholt. Wir sind direkt hier vorbeigelaufen.«

»Na ja, vielleicht beim nächsten Mal«, entgegnete Nina. Ein Anflug von Melancholie überkam sie. Lizzy schlang ihre Arme um Ninas Mitte und sagte: »Danke für den schönen Nachmittag.«

»Gern geschehen, Lizzy. Wenn du möchtest, können wir das jederzeit wiederholen. Vorausgesetzt dein Vater hat nichts dagegen.« Ihr Blick blieb an Nat hängen, der sie schweigend musterte. Verlegen brach Nina den Augenkontakt ab und löste sich aus Lizzys Umarmung, um vor ihr in die Hocke zu gehen. Sie zog die Kleine herzlich

in die Arme und hörte Lizzy flüstern: »Du darfst nicht traurig sein wegen des Glöckchens. Sie werden sich wiederfinden. Ganz bestimmt.« Nina schob Lizzy ein Stück weit von sich und sah ihr in die Augen. Der Glanz der dunklen Iriden strahlte voller Hoffnung und Zuversicht und berührte Nina auf eine Art und Weise, die ihr Herz zum Schmelzen brachte.

***

»Warum hast du Nina nicht erzählt,

dass du das Glöckchen gefunden hast, Lizzy?«

Nachdem sie ihrem Vater beim zu Bett gehen, alles gebeichtet hatte, kam ihr das Verhalten doof vor. Schweigend zuckte sie mit den Schultern und zupfte an der Bettdecke herum. Seufzend legte Nathan seiner Tochter einen Finger unters Kinn und hob es an, sodass sie ihn ansehen musste. Ihre sonst so aufgeweckten Augen sahen ihn traurig und schuldbewusst an. Mehr noch, er sah, wie sich Tränen darin bildeten. »Hey, nicht weinen«, flüsterte er, doch Lizzy schlang ihre Arme um seinen Hals und schluchzte herzzerreißend. Nat strich ihr beruhigend über den Rücken und

wiegte sie hin und her. Manchmal wurde er aus seiner Tochter nicht schlau. In einem Moment wirkte sie so erwachsen und im nächsten Augenblick war sie wieder sein kleines Mädchen, das es hieß zu beschützen. Ihr Weinen ging in abgehackte Hickser über. »Ich ... ich ...«, stammelte sie. »Beruhig dich, Lizzy. Warum bist du so aufgewühlt? Du kannst mir alles erzählen, das weißt du doch.« Kopfnickend löste sich seine Tochter aus seiner Umarmung und wischte sich mit dem Ärmel ihres Schlafanzuges über das Gesicht. Sie schniefte ein paar Mal und nahm all ihren Mut zusammen und sagte: »Ich dachte, dass das Glöckchen dich und Nina zusammenbringen würde. So wie es Ninas Großeltern zusammengebracht hat. Und ... und ...«

»Und?«, fragte Nat.

»Und wir eine Familie werden«, beendete Lizzy ihren Satz. Abwartend sah sie ihren Vater an. Nat nickte wissentlich und sagte: »Du weißt, dass es so etwas im wahren Leben nicht gibt.«

»Wie meinst du das, Papa?«

»Nina hat dir eine Geschichte erzählt, bei der ein Teil der Wahrheit entspricht, nämlich der, dass sich ihre Großeltern kennengelernt haben.

Der Rest dient zur Ausschmückung der Erzählung.«

»Wozu?«

»Um eine Geschichte interessanter klingen zu lassen. Und damit sie besser im Gedächtnis bleibt.«

»Das heißt Ninas Großeltern haben sich nicht durch die Glöckchen kennengelernt?«

»Ich weiß es nicht, Lizzy. Vielleicht ja, vielleicht auch nicht. Es gibt tausend Möglichkeiten. Die Glöckchen sind weder magisch noch mystisch. Es kann schon sein, dass man sich aufgrund von Gegenständen kennenlernt. Sei es, dass man dieselben Dinge mag und dadurch in ein Gespräch kommt. Verstehst du, was ich meine?«

Lizzy nickte. »Ja, ich glaub schon. Nina und du, ihr liebt beide alte Sachen.«

Nat sah seine Tochter mit hochgezogenen Augenbrauen an.

»Ich weiß es. Sie findet unsere Wohnung  hübsch. Sie liebt alte Möbel und Häuser. Sie sagt, dass alte Sachen eine Seele haben und dadurch lebendig wirken.«

»So, sagt sie das.«

»Ja! Und ich kenne ihre Lieblingsfarbe und ihre Lieblingsblumen.«

»Du hast dich ja bei deiner Recherche über Nina richtig ins Zeug gelegt«, neckte Nat seine Tochter.

»Das war gar nicht schwer.«

»Ach?«

»Ich hab sie gefragt.« Jetzt strahlten ihre Augen wieder und Nat wusste, dass sie darauf wartete ihm ihr Wissen über Nina mitzuteilen, daher fragte er: »Und? Nein warte, lass mich raten. Ihre Lieblingsfarbe ist blau.«

»Nein«, schüttelte Lizzy den Kopf. »Rot, Karminrot.«

»Dann sind ihre Lieblingsblumen rote Rosen.«

»Nein«, kicherte seine Tochter und ließ sich in die Kissen fallen.

»Hey, was gibt es da zu kichern?«, gab sich Nat empört und kitzelte Lizzy, bis sie sich vor Kachen schüttelte.

»Weih ... nachts ... stern«, brachte sie gackernd hervor.

»Jetzt wird geschlafen, kleines Fräulein! Und morgen bringen wir Nina ihr Glöckchen zurück«, meinte Nat liebevoll, aber bestimmend.

»Nein, warte Papa. Ich hab eine bessere Idee.«

»Ach ja?«, hakte Nat vorsichtig nach und hörte sich Lizzys Vorschlag an.

In dieser Nacht lag er lange wach. Seine Gedanken flogen wie von selbst zu Nina. Seufzend hatte er aufgegeben, sich dagegen zu sträuben. Wider aller Vernunft fasste er einen gravierenden Entschluss.

Noch zwei Tage bis Weihnachten. Nat hatte Fanny aufgesucht und sie in Lizzys Plan eingeweiht. Natürlich war sie Feuer und Flamme. Nat hatte Mühe, ihren Tatendrang zu bremsen. »Langsam Fanny, eins nach dem anderen. Ich möchte Nina nicht erschrecken oder überrumpeln. Sie soll selbst entscheiden, ob sie uns will.«

»Das hat sie doch schon längst. Nina ist vernarrt in Lizzy und ...«

»Und?«, fragte Nat und zog fragend eine Augenbraue in die Höhe.

»Zugegeben, Nina ist, was Männer betrifft etwas zurückhaltend, eher wählerisch, aber sie ist weder blind noch auf den Kopf gefallen. Sie weiß, wann sie ein Prachtexemplar vor sich stehen hat. Und wenn du es ehrlich mit ihr meinst, sehen

155

deine Chancen mehr als gut aus.« Fanny musterte ihn mit leicht geneigtem Kopf. In ihrem Blick lag Begierde. Nat räusperte sich und schob seinen Stuhl nach hinten. Das Kratzen der Stuhlbeine auf dem Küchenboden, holten Fanny ins hier und jetzt zurück. Ein Lächeln huschte über ihre Lippen und für einen kurzen Augenblick schimmerte so etwas wie Bedauern in ihren strahlend blauen Augen. Nat hatte sich erhoben und sah auf Fanny herab. »Danke für deine Hilfe.« Die Wärme in seiner Stimme brachte Eis zum Schmelzen. *Schade, dass ich nicht Nina bin*, schoss es ihr durch den Kopf, als Nat sich verabschiedete. Dennoch freute sie sich für ihre Freundin. Nina hatte es mehr als verdient, glücklich zu sein. »Gern geschehen«, erwiderte sie und stand ebenfalls auf, um Nat zur Tür zu begleiten. »Wir sehen uns dann in der Kirche, Nat.«

»Ja. Ich gehe davon aus, dass Paul auch mitkommt?«

»Selbstverständlich«, zwinkerte sie ihm zu. Nat nickte stumm und verließ mit einem flauen Gefühl im Magen die Wohnung. *Noch zwei verdammt lange Tage*, dachte er. Tage der Ungewissheit und der Hoffnung.

***

»Startklar, Lizzy?«, fragte Nat und sah auf sie herab. Seine Kleine stand neben ihm und grinste ihn an. Sie reichte ihm ihre Hand. Nat griff danach, wie ein Ertrinkender. Er war mehr als nur aufgeregt. Die letzte Nacht war die längste seines Lebens gewesen, zumindest war es ihm so vorgekommen. Heute war Heiligabend und sie waren auf dem Weg zur Christmette. Dort würden sie rein zufällig auf Nina treffen. Soweit der Plan. Das war der Grund, warum er Fanny aufgesucht hatte. Sie sollte für ihn herausfinden, ob Nina Heiligabend zu Hause oder bei ihren Eltern verbrachte. Nachdem sie am ersten Weihnachtsfeiertag zu ihrer Familie fahren würde, war es Funnys Aufgabe mit ihrer Freundin in die Kirche zu kommen, wo sie zufällig auf ihn und Lizzy treffen würden. Nach der Christmette wollte er mit Nina reden.

Die Kirche war voll. Nat sah sich suchend um, aber von Fanny, Paul und Nina war nichts zu sehen. Die Hoffnung, dass die drei es rechtzeitig zum Gottesdienst schafften, sank von Minute zu

Minute. Lange würde er den Platz neben sich und Lizzy nicht mehr freihalten können. »Sie kommt, ganz bestimmt, Papa«, flüsterte seine Tochter. Sie schenkte ihm ein aufmunterndes Lächeln. Zum wiederholten Male griff Nat in seine Manteltasche und umklammerte die darin verstaute Schachtel, dabei schlug sein Herz wild in seiner Brust. Erneut überschlug er in Gedanken die Worte, die er Nina sagen wollte. Er war so vertieft, dass er nicht die Person bemerkte, die sich neben ihn niederließ. Erst als Lizzy sich über ihn beugte und etwas lauter flüsterte: »Hallo, Nina! Fröhliche Weihnachten!«

Abrupt drehte Nat den Kopf zur Seite und sah Nina an. Stumm suchte er nach Anzeichen der Ablehnung, doch alles, was er sah, war Freude und die Wärme, in ihren tiefbraunen Augen. Schweigend musterten sie einander. Pauls Stimme unterbrach den Bann. »Frohe Weihnachten, Nat. Dass ich das erleben darf. Heiligabend mit dir in der Kirche«, sagte er kopfschüttelnd. Prompt erhielt er von Fanny einen heftigen Stoß in die Seite. »Scht!«, zischte sie. »Wir sind hier in der Kirche und nicht in einer Kneipe.« Lizzy, die Paul beobachtet hatte, kicherte. »Das gilt auch für

dich, junge Dame«, knurrte Fanny leise. Nat und Nina sahen sich verwundert an. Wer hätte gedacht, dass sich ihre Freundin als Moralapostel outete. Paul indes, winkte Lizzy zu sich. Sie sollte neben Nina und ihm Platz nehmen. Der Platztausch brachte kurz Unruhe in die Sitzreihe, woraufhin Fanny ihre Augenbrauen in die Höhe zog. Was wiederum Paul dazu veranlasste zu hüsteln. Lizzy, die bemerkte, dass er sein Lachen unterdrückte, kicherte hinter vorgehaltener Hand. Eine ältere Dame vor ihnen drehte sich um und brummte: »Geht das nicht leiser? Ich bekomme gar nichts vom Gottesdienst mit.« Paul beugte sich ein Stück weit vor und flüsterte: »Die Kirche hat noch nicht mal angefangen, Gnädigste.«

Die Alte schnappte empört nach Luft und erwiderte etwas, das mit den Tönen der Orgel unterging. Zufrieden lächelte Paul und lehnte sich entspannt zurück.

Lizzy rutschte zwischen den Erwachsenen hin und her. Der Gottesdienst zog sich ins Unendliche. Sie hatte die Hoffnung schon aufgegeben, als die Lichter gedimmt wurden und das Lied *Stille Nacht, Heilige Nacht* erklang. Voller Inbrunst sang sie mit. Es war ihr Lieblingsweihnachtslied

und wurde immer am Ende vom Gottesdienst gesungen. Gleich würde sie Nina das Glöckchen überreichen und wenn alles gut lief, würden sie zusammen Weihnachten feiern. Wie eine richtige Familie.

Es dauerte, bis die vielen Menschen die Kirche verlassen hatten. Schwatzend blieben sie davor stehen und wünschten sich frohe Weihnachten. So auch Nat und die anderen.

»Nichts für ungut ihr drei, aber ich werde jetzt mit Fanny nach Hause gehen. Es wird Zeit für die Bescherung. Nat, du begleitest doch Nina?«, meinte Paul und warf seinem Freund einen vielsagenden Blick zu. Pauls Worte ließen Fanny erröten und Nina fragte sich erneut, was heute Abend mit ihrer Freundin los war. Nachdem sich die beiden ausführlich von allen verabschiedet hatten, trat ein beklemmendes Schweigen ein. Der Platz vor der Kirche hatte sich gelichtet. Sie standen jetzt zu dritt im Laternenschein. »Nina?«, durchbrach Lizzy die Stille. »Ja, Lizzy was ist?«

»Ich muss dir etwas sagen.« Sie holte zunächst tief Luft und sah kurz zu ihrem Vater. Der nickte ihr zu, dass sie fortfahren sollte. Lizzys Worte

sprudelten nur so aus ihr heraus und mit jedem Satz wurde ihr leichter ums Herz.

Nina war vor Nats Tochter in die Hocke gegangen, weil ihr bewusst war, dass das was ihr die Kleine zu beichten hatte, von großer Bedeutung war. Sie schenkte Lizzy ihre volle Aufmerksamkeit und als sie ihr das verloren geglaubte Glöckchen überreichte, liefen ihr die Tränen über die Wangen. Lizzy schlang die Arme um Ninas Hals und bat sie weinend um Verzeihung. Nat stand daneben und seufzte. So hatte er sich das nicht vorgestellt. Zwei Frauen in Tränen aufgelöst und das an Weihnachten. Unschlüssig rieb er sich den Nacken.

Nina richtete sich mit Lizzy auf dem Arm auf. Die Kleine hatte ihre Arme und Beine um sie geschlungen und weinte herzzerreißend. »Scht! Lizzy. Bitte weine nicht. Du hast nichts falsch gemacht. Im Gegenteil, ich freue mich, das Glöckchen wiederzuhaben. Danke, dass du es mir zurückgebracht hast.« Hilfesuchend sah sie zu Nat, der jetzt ebenfalls auf seine Tochter einsprach. »Lizzy, Schatz, du hast doch Nina gehört, sie freut sich, dass du das Glöckchen gefunden hast.«

»Ich ... Ich ... hätte es gleich zurückgeben müssen. Nina war meinetwegen traurig.«

»Ja und nein, Lizzy«, erwiderte Nina.

»Warum ... ja und nein?«, schniefte sie ihr Gesicht in Ninas Halsbeuge verborgen. »Im ersten Moment war ich traurig über den Verlust, doch dann keimte ein Funke Hoffnung auf. Ich hatte ja noch das zweite Glöckchen, das ich übrigens dabei habe. Und das würde mich wieder zum verlorenen Glöckchen führen. Vielleicht sogar zu den Menschen, die ich liebe.« Ihr Blick war dabei die ganze Zeit auf Nat gerichtet. Langsam hob er die Hand und strich zärtlich über Ninas Wange. »Ich liebe dich«, flüsterte er mit rauer Stimme.

Lizzy hob schniefend den Kopf und ihr Blick wanderte zwischen den beiden Erwachsenen hin und her. »Du musst Nina ihr Geschenk geben, Papa«, sagte sie und ließ ihre Beine herabhängen, um zu signalisieren, dass sie abgesetzt werden wollte.

»Ein Geschenk? Aber ich habe doch alles, was ich mir je gewünscht habe.« Sie legte beschützend eine Hand auf Lizzys Rücken.

»Frohe Weihnachten, Nina«, meinte Nat und langte in seine Manteltasche. Er zog die Schatulle heraus und sagte: »Lizzy, komm zu mir, damit Nina ihr Geschenk öffnen kann.« Abwartend hielt er ihr die Schachtel entgegen. Sie war aus dunkelblauem Samt. Nina reichte Lizzy das gefundene Glöckchen. »Halt es bitte«, sagte sie.

Vorsichtig öffnete sie die Schatulle. Überrascht sah sie zu Nat und Lizzy. Zärtlich strich sie über den silbernen Anhänger in Herzform. »Du musst ihn öffnen!«, rief Lizzy. Ehrfürchtig nahm Nina die Kette heraus und öffnete den Herzanhänger. Sie sah auf eine Uhr und im Deckel war ein kleines Foto von Nat und Lizzy zu sehen. Sprachlos sah Nina die beiden an. Der Anhänger war mehr als nur ein Geschenk. Er kam einer Liebeserklärung gleich.

»Danke«, flüsterte Nina und umarmte beide.

Hand in Hand liefen sie durch die stille Nacht. Lizzy in der Mitte. Nina und Nat hatten jeweils ein Glöckchen in ihren Manteltaschen stecken. Zärtlich berührte Nina ihres. *Was für ein Wunder,* dachte sie und sah dabei lächelnd zu Nat. Schneeflocken schwebten lautlos vom Himmel

auf sie herab. Eine Kutsche mit Pferdegespann rollte an ihnen vorbei. Das Geschirr der Pferde war mit kleinen Glockenschellen versehen und mit jedem Schritt erklangen die Glöckchen. Es war Weihnachten, die Zeit der Wunder und der Liebe.

ENDE

Danksagung

Ich möchte mich ganz herzlich bei meiner bemerkenswerten, warmherzigen und unendlich geduldigen Korrektorin und Buchsetzerin Rune L. Green für die professionelle Zusammenarbeit und Unterstützung bedanken. Ohne ihre Kompetenz gäbe es dieses Buch nicht.

Mein besonderer Dank gilt all meinen fleißigen Testleserinnen und vorab Korrektorinnen. Danke für die tatkräftige Unterstützung. Was würde ich nur ohne euch anfangen?

Vielen lieben Dank an alle Leserinnen und Leser. Euer Vertrauen und Interesse liegt mir sehr am Herzen. Weiterhin viel Spaß beim Lesen!

Ich wünsche euch allen magische Weihnachten. Möge der Zauber der Weihnachtszeit Eure Herzen berühren.

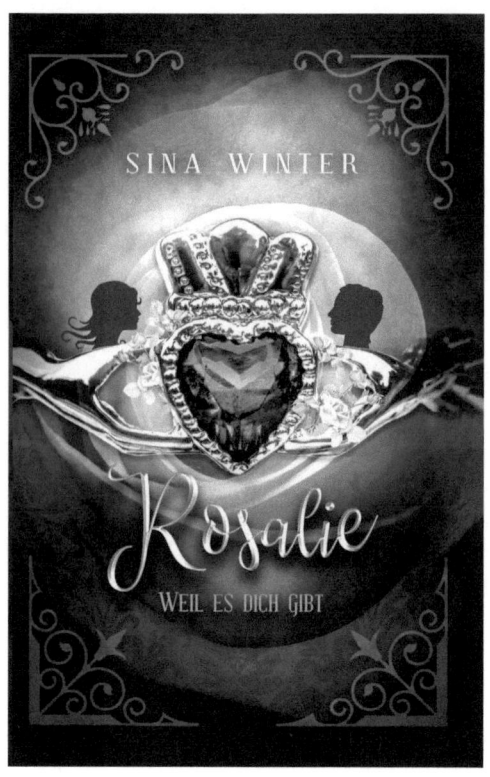

Richard von Weisenberg trifft in New York auf die
temperamentvolle Rose, die sofort seine Seele
berührt. Und plötzlich steht er vor der wichtigsten
Entscheidung seines Lebens, während auch
Rosalies Leben durch die Begegnung auf den Kopf
gestellt wird ...

Rechtsanwaltsgehilfin Vivien Maas nervt nichts so sehr
wie Staranwalt Thomas Klein. Treffen die beiden
aufeinander, sind Wortgefechte vorprogrammiert.
Durch eine irrwitzige Wette sind beide plötzlich jedoch
gezwungen, miteinander auszukommen. Und während
sich die Ereignisse überschlagen, müssen sich Vivien
und Thomas fragen, was sie wirklich füreinander
empfinden ...

167